光文社文庫

文庫書下ろし

荒川乱歩の初恋

高校生探偵

阿《あ》野《の》　冠《かん》

光　文　社

この作品は光文社文庫のために書下ろされました。

目次

第一章《人間椅子》 5
第二章《D坂の殺人事件》 45
第三章《二銭銅貨》 83
第四章《怪人二十面相》 114
第五章《少年探偵団》 144
第六章《屋根裏の散歩者》 186
第七章《黒蜥蜴》 216
終章《パノラマ島綺譚》 243

登場人物

荒川乱歩《あらかわらんぽ》　谷根千《やねせん》高校探偵科1年。【団子坂《だんござか》探偵局】で助手をしている。

剣崎《けんざき》 亮《りょう》　乱歩の相棒。皮肉屋で美男の天才ハッカー。

名無しのA子　正体不明の女子高生。自称「乱歩のストーカー」。

アガサ　探偵科の同級生。推理作家を志すＩＱ１７２の才媛。

ナオミ　看護科1年。露天商の娘で谷根千高校の女番長。

平林《ひらばやし》 幸助《こうすけ》　お調子者の同級生。あだなは「ヒラリン」。

荒川源太郎《あらかわげんたろう》　乱歩の父。江戸川乱歩に心酔する酔いどれ私立探偵。

明智典子《あけちのりこ》　谷根千高校校長。探偵科の担任教諭を兼務。

第一章《人間椅子》

毎朝ホットミルクを飲むヤツは、日ごと夢を見るだけで終わってしまう。夜に冷たいコーラを飲むヤツはたいがい腹をくだす。

そう、いまの俺は気の抜けたコーラ。なんの刺激もなく、言動もスカッとしない。おまけに気色悪い甘味だけが下っ腹にたまっている。

両頰を張り飛ばされるようなつよい突風。一人で河原に突っ立っていると、髪がさかだって風神雷神図みたいになってしまう。上げ潮時なので海の匂いがプンと鼻につく。対岸に目を移すと、荒川越しに東京スカイツリーの天頂部が夕焼け空に淡くにじんでいた。

めぐってきた十六の春は……

どん底だった。

ピッチャーとして生命線の右肩をこわしてしまった。そのため野球推薦の名門校に落ちた。そして週明けの四月九日に、すべりどめの谷根千《やねせん》高校へ入学することになった。そこには大学進学をめざす普通科がなく、看護科や探偵科などが表示されていた。

「……ついてねぇな」

愚痴《ぐち》ってみたって状況は改善しない。

探偵稼業のオヤジは定収入がない。当然のごとく高校進学の資金もない。ないないづくしなので抜け道を探すしかなかった。

やっと見つけたのが、地元に新設された谷根千高校だった。

野球のかたわら、俺は中学生のころからオヤジがいとなむ【団子坂《だんござか》探偵局】で助手をつとめていた。まだガキだし、学生服なのでターゲットを尾行しても怪しまれなかった。

当初の目的は探偵局の人件費を浮かすためだった。だが結果的にその経歴をかわれ、谷根千高校探偵科に学費免除の特待生として迎え入れられた。

野球少年から高校生探偵への大転換。

進路を切りかえた俺は、心ならずも新設校へ通うことになった。その日暮らしの父子家庭なので、家計をたすけることを優先したのだ。

気をとりなおし、リュックの中から野球ボールを取りだす。縫い目を確かめるように握る。そして強風をさけて橋脚下《きょうきゃくした》の草地へと歩を進めた。

荒川に架かる扇大橋の橋脚《はしげた》のコンクリートには長方形の落書きがあった。それは数年前に俺自身がチョークで描いたストライクゾーンだった。

頭上を舎人《とねり》ライナーが走りぬける。

高架鉄道はモノレールとちんちん電車のあいのこみたいなデザイン。つまりは明日から通う谷根千高校の制服みたいにイケてないってこと。

日陰なのでひんやりしている。キャッチボールの相手がみつからない野球少年にとって、T字形のデカい橋脚は絶好の受け手なのだ。

投手板と本塁間は十八・四四メートル。

ざっと目分量で距離を測り、右かかとで横線をひく。

即製のピッチャーマウンドに立った俺は、軸足に体重をのせて大きくふりかぶった。早くもそこで右肩に違和感。全身の筋肉が危険信号を発している。なんとか身体をしならせ、オーバースローで思いきり右腕を振りきった。

痛みをこらえ、全身全霊をこめた入魂の一球！

だが、気持ちとは裏腹に地球の引力をまともに受けた超スローボールだった。指先から離れたボールは力なくうなだれて橋脚にすら届かない。そのままワンバウンドして中間の草地へ転がっていく。

背後で冷やかすようにヒューーッヒューーッと口笛が鳴った。ふりむくと、そいつは荒川サイクリングロードに黒いアメリカンバイクを乗り入れていた。おまけに黒いフルフェイスのヘルメットまでかぶってやがる。

俺はガラにもなく声を荒げた。

「なんだよ、おまえ」

「あんたのストーカー。落ちたね、乱歩《らんぽ》。そんな球速じゃハエがとまっちゃうよ」

同年代の少女の声だった。

しかも、奇抜な俺の名前まで知っている。オヤジの源太郎《げんたろう》は昔から熱烈な江戸川乱歩ファン。おかげで一人息子の俺は、『乱歩』と名付けられちまった。しかも、よりにもよって苗字は目の前を流れる『荒川』なのだ。

荒川乱歩なんて、それこそ史上最悪のフェイクネームだろう。

だるそうにヘルメットをとり、長身の少女がキツい視線を送ってきた。

見覚えはない。束ねられていた長い茶髪がときほぐされて春風になびく。バニラエッセンスみたいな甘い匂いが周辺に漂った。

やたら化粧が濃い。アーモンド形の少女の目は長いまつ毛に縁どられている。瞳は髪色より少し薄い茶色。きつい目力は憂《うれ》いと強さを兼ねそなえていた。

すっかり位負《くらいま》けした俺は、へどもどまごつきながら言った。

「だれだっけ？　君の名は……」

「前前前世から名無しのA子」

「からかってんのか」

「私はいつだって本気よ。河川敷《かせんしき》のツバメ、舎人ライナー、荒川の流れ、あんたの投げたボール。さぁ、これは何の順番でしょう」

やはり完全にからかわれている。

俺はぐっと胸を張り、突っぱねるように言った。

「くっだらねぇ。知らないヤツとなぞなぞをするほどヒマじゃないんだ」

「正解はね、最高時速の速い順」

「舎人ライナーの最高時速は六十キロ前後だろ。オレはそれ以下ってわけか」

「乱歩の速球は荒川よりもおだやか」

そう言って、A子は河川敷に転がっている小石をひろい上げた。

「そこ、どいて」

強気な少女が俺を押しのけた。なにやら自信ありげな態度だ。そして横線がひいてあるピッチャーマウンドに立った。

「九回の裏、ツーアウト満塁。カウント、スリーツー」

自身で状況を想定し、A子は慣れた仕草でお手玉のように小石を左手でもてあそぶ。楕円形の石が二度宙を舞い、手のひらにすっぽりとおさまった。

「おっと、サウスポーなのか」

「いくよ。見てな」

彼女の身体がサブマリンのようにズンッと沈む。

タイトなライダースジャケットが胸のシルエットを立体的に浮かび上がらせた。それから上半身をグイッと後方へひねり、右足を前方に深く踏みこむ。

腰の回転を利用し、地上すれすれに左腕をしならせて振りぬいた。アンダーハンドから放たれた一投は、曲線を描いてグンッと浮かび上がった。

狙いたがわず、小石は橋脚のストライクゾーンへ。そして長方形のド真ん中にぶち当たって粉ごなに砕け散った。

A子は少し得意げに言った。

「バッター見逃し三振。ストラックアウト！」

「速いな。河川敷のツバメかと思った」

「たしかツバメの最高時速は二百キロよね」

「いや、体感速度はそれより速いかも知れない」

「ほめ言葉はすなおに受けとめるわ」

初めて彼女が笑顔をみせた。

無垢《むく》な幼子みたいに透明な表情。A子の厚化粧の奥に隠された素顔をのぞけたような気がした。そして、ふっとなつかしい雰囲気につつまれた。

五感のなかで、嗅覚だけが直接脳を刺激するらしい。

彼女が乱れた前髪を手櫛《てぐし》した時、ふたたび香り立ったカスタードクリームのような甘い匂いにヤラれてしまった。

どうしよう、妙に胸騒ぎがしてきたけど。

「君はいったい何者？」

「さっき言ったじゃん。A子よ」

「いや、本名を訊《き》いてンだよ。女の子でこんな快速球を投げるサウスポーはめったにいないからね」

「乱歩、わかる？　名前も存在も忘れられた女の子は、相手に思い出してもらうのを待つことしかできないの。いまの私は、あんたにとって名無しのA子にすぎない」

「君はオレのことを知ってるのに、こんなのイーブンじゃないよ」

「私とあんたは同じ四月四日生まれの十六歳。そこはイーブン」

「同年同月同日生まれか。バイクの免許は十六歳の誕生日当日に取得できるからね」

「とにかく、めげずにリハビリすれば肩はきっと治るよ。私のことは思い出せなくても、自分の投球フォームは忘れてないみたいだし」

俺は眉根を寄せて言い返した。

「可愛い顔してお説教はにあわないぜ」

「ほっとけないの、あんたのことが」

そう言って雑草に隠れたボールを探しはじめた。その後ろ姿をながめている間、俺は必死に彼女とのつながりに思いをめぐらせた。

長身で薄茶色の瞳をもったサウスポー。

こんなに魅惑的な野球少女なら忘れようがない。ということは、これまで一度も会ったことはないはずだ。

やはり記憶の奥底から面影はよみがえってはこなかった。

「あった！」

はずむような声が橋脚下にひびく。ボールをひろったA子が俺にすばやくトス。右手でキャッチすると、パシッと小気味よい音がした。

A子があごをしゃくってうながす。

「毎日、十キロ走と五十球のシャドーピッチング。それがあんたのノルマよ」

「まだ続くのか、つまんねぇお説教が」

「外角低めのストレートがピッチャーの基本線。決め球の快速球が投げられるようになった時、もういちど野球にチャレンジすればいい」

「この際はっきり言うよ。さっきオレが投げた一球は、必死にやってきた野球に切りをつけるための最後の一球なんだ」

それが本心だった。

二度とピッチャーマウンドに立つ機会はめぐってこないだろう。

新設の谷根千高校に野球部などなかった。俺は球児としての自分に別れを告げるため、この場所にやってきた。

その覚悟を相手にわからせるため、持ってきたスポンジで白い縁取りのストライクゾーンを消しとろうとした。

そばのA子が目をふせて言った。

「残しときなよ、そのストライクゾーン。でも知らなかった、そんな気持ちだったなんて」

「いいンだよ。どうせ人の気持ちなんてだれにもわからないし」

「ええ、私の気持ちもね」

「じつはまだ迷ってたんだ。だけど自分勝手な君に会って決心がついたよ。昔のことをいつまでも引きずっていたって先は見えない」

「ひどい言われかたね」

苦く笑い、A子は俺の背を軽く叩いて通りすぎた。それからサイクリングロードに止められていたバイクにまたがった。エンジンの排気音がまきおこる。

条件反射のようにふりかえり、俺は未練がましい言葉を発した。

「また会えるかな」

「どうだろ。それは乱歩しだい」

「うまく言えないけど、君のことを名無しのA子って呼ぶのはあんまりな気がしてきた。よかったらもっと話したい。そっちはどう思ってる」

こちらの問いにはこたえず、A子がまた妙な質問を投げかけてきた。

「荒川って、英語でなんていうかわかる?」

「……クレイジー・リバーかな」

「ちがう、荒川リバーよ」

「リバーと川がかぶってンじゃん」

「そこが味わい深いでしょ。ここは私にとって思い出の川だからさ。少年野球のエースピッチャーだったあなたにとってもね」

「えっ、それがヒントなのかい」

気持ちを伝えようとしたが適切な言葉がみつからない。

謎解きが好きなA子は視線をそらし、フルフェイスのヘルメットをかぶった。力強くアクセルを踏みこむ。ズドドッと重低音が排気ガスとともに吐きだされた。

急発進したアメリカンバイクが、若草の生えそろったばかりのオフロードの斜面を一気に駆け上がっていく。

小高い土手を斜《なな》めに突っ切り、黒い車体が大きくジャンプした。

一瞬視界からはみ出し、A子の姿は宙空にのまれた。低くうねるエンジン音だけが荒川の橋脚下にいつまでも反響していた。


女生徒たちの甘ずっぱい匂いに俺はむせかえった。

入学初日の昼休み。持参のコンビニ弁当を食い終わった俺は時間をもてあましていた。まだ教室内で自分の居場所を見つけられない。

それはほかの男子生徒たちも同じだろう。

谷根千高校は、看護師不足をおぎなうために開校されたという。なので看護科に入学した女生徒が九割をしめている。

募集二十名の探偵科は付け足しのようなもの。２０２０年東京オリンピックの警備を担うという名目も疑わしかった。

かぐわしい異性たちの視線が、四方八方からピッチングマシーンのように次々と投げこまれてくる。俺には打ちかえす気力がない。ずっと下痢ぎみだし、変に緊張して便所に行きたくなっても、この一階に男子トイレは見当たらなかった。

「……つれぇな」

思わずポロリと心の声がこぼれ出た。

便意が極限にまで達していた。

女生徒90パーセント超えの状況は想定外だった。とっくに心の臨界点を振りきれている。なんとか正常な状態にもどすには、数学のテストと同じく簡単な問題から先にといていくべきだろう。

午後からは探偵科の特別授業が始まる。その前に男子トイレを探してスッキリしたかった。

俺は物音をたてず、ゆっくりと席を立った。

だが、雌ライオンらは獲物が動き出す瞬間をねらって襲いかかるという。同じように、女生徒たちが俺にいっせいにスマートホンをむけてきた。

自身のブログのネタ集めなのか、スマホのシャッター音が続けざまに聞こえた。あぶら汗を浮かべた俺の顔面がアップで次々と切り撮られていった。

出鼻をくじかれ、そっと椅子にすわりなおす。

団子坂探偵局であつかう事件は世俗にまみれている。その大半は浮気調査だった。人件費節約のため、助手としてかりだされた俺はこれまで証拠写真を何枚も撮ってきた。

でも、こうしてかってにパチパチ撮られるなんて気分が悪い。きっと似たような思いをターゲットらはしてきたのだろう。

どう見ても、一年A組の男女比はかたよりすぎている。

四十人クラスの中で、なんと男子生徒はたった三人。男女共学には慣れているが、さすがにこれでは居心地が悪い。

「どうした、顔が真っ青だけど」

右隣の席にいるメガネ野郎が声をかけてきた。

俺はすぐさま切り返す。

「そっちこそ尻っぺたが椅子にくっついてるぞ。女どもの毒気にやられて腰がぬけちまったのかい」

「ま、そんなとこだ。ぼくは平林幸助《ひらばやしこうすけ》。よろしくな」

「先に言っとく、笑ったらぶっとばすからな。オレの名は荒川乱歩」

平林が、からくも笑いをこらえて言った。

「ぼくだってひどいぜ。落語じゃないけど、ヒラバヤシとは読まれずにタイラバヤシかヒラリンとか呼ばれてきた」

「なら、これからはヒラリンでいく」

「無茶だろ、それって」

「気にすんな。ヒラリン、男子トイレはどこ？」

「知るかよ。自分で探せ」

気分を害したヒラリンがそっぽをむいた。

かまうもんか、どうせ俺は群《む》れを離れた一匹オオカミだ。野球ではチームワークが何よりも大切だが、ピッチャーに協調性なんか必要ない。打者に凡ゴロを打たせ、あとは守備陣にまかせるなんて考えたこともなかった。

アウトはぜんぶ三振！

その気持ちでピッチャーマウンドに立ってきた。逃げずに真っ向勝負。どの試合でも全力投球だったので右肩がぶっこわれた。

必死に便意をがまんしていると、こんどは左隣のイケメンが話をふってきた。

「どう思う、この学校。どっか変じゃないか」

「見ればわかるだろ、変なのはオレたちだって。女だらけの花園に、みずから足を踏みいれるヤツなんてマトモじゃねぇし」

「じゃあ、君はなぜここにいる。変態ってことかな」

「当たり。オレは他人の行動を盗み見して、秘密をあばくのが特技なんだよ。たとえば、あんたはひきこもりのオタクで、パソコンばかりいじくっているブラックハッカー。勝手《かって》気ままなオレ以上に悪質だ」

色白のイケメンがニヤリと笑った。

「当たり。でも、なぜわかった」

「簡単だよ。顔が青白いのは、部屋にとじこもって陽にあたってないからだ。それに両手の指紋が消えかかってる。たぶん過度なキータッチですり減ったんだろうな。そして、当校の探偵科の売りはパソコンを使った情報科学の授業。東京オリンピックの警備にむけて、サイバー攻撃阻止が目的だしね。探偵助手のオレと同じく、あんたは即戦力のハッカーとして谷根千高校に迎え入れられた」

「そう。ハッカーを倒せるのはハッカーだけさ」

「名言だな。剣崎亮《けんざきりょう》くん」

「チッ、名前まで知ってやがる」

剣崎がくやしげに舌打ちした。

出会いがしらの一回戦は俺の勝ちだ。

だが、どう見ても知能や容姿は相手が上だった。なにせ剣崎亮は世に知られた天才ハッカーなのだ。ネットで検索すれば、すぐに顔と経歴がわかる。

中卒で二十歳のオタク。でも、今回なぜ剣崎が谷根千高校へ入学する気になったかは謎だった。

心機一転。まさか人並みに高卒の学歴でもほしいのだろうか。

そんなわけはないと思いなおす。

もっと壮大な未来図を描いているはずだ。剣崎は十五歳でネット犯罪に手をそめ、少年院送りとなった。数年後に出所したブラックハッカーは、もしかすると政府機関に属しているのかもしれない。

意を決し、俺は下腹を押さえて席をはなれた。

　すると教室の出入り口で、青い瞳の女生徒に行く手をさえぎられた。

「どこへいくの。目が血走ってるけど」

「オレのことはほっといてくれ」

　突っぱねたが、相手もしぶとく食い下がってきた。

「そうはいかないわ。だって私はクラス委員だし、なにかあったら担任教諭に報告する義務があるから」

「まったく、どいつもこいつも。くそったれめ」

「ひどい。それが返事なら、教室から出て行くことは私がゆるさない」

　クラス委員が両手を広げて通せんぼをした。

　白人寄りのハーフで金髪碧眼《きんぱつへきがん》。ふつうに街で出会っていたら、それこそ最上位の少女だろう。だがいまの俺は、必死に便意をこらえてせっぱつまっている。くそまじめなクラス委員などめざわりなだけだ。

　一分一秒をいそぐので、しかたなく相手に迎合した。

「たのむからどいてくれ。くそったれとはオレのことなんだ。少しは察しろよ」

「……わかった。男子トイレは二階の教員室の隣にあるわ」

「恩にきるよ。で、君の名は」

「アガサ。アガサ松原」

謎のサウスポーの時とちがって、今回はちゃんと返事がもどってきた。

「もっと色々訊きたくなってきたけど」

「いいわよ、荒川乱歩くん。三階の探偵科の教室で待ってる」

アガサまで俺の奇抜な姓名を知っていた。

まったく探偵科の同級生は油断ならない。クセ者ぞろいだ。たぶん男同士の会話を、彼女はこっそり盗み聞きしていたのだろう。

慎重に階段を上がりきり、そこから急ぎ足で男子トイレにかけこんだ。

ただちに用をすませ、やっと気持ちが落ちついた。

それにしても先が思いやられる。俺たち男子生徒は、校内において絶滅危惧種の動物に近い。安住の場所もないし、なにかと研究材料にされてしまう。

一見すれば女たちに囲まれたハーレムに映る。しかし実情はアマゾネスの集落にまぎれこんだ無謀な探検家にすぎない。

雌雄のパワーバランスが極端に変わると、女はとたんに粗雑になる。恥じらいがなくなり少数派の男子を圧迫してくる。入学したとたん、それぞれのグループが成立して競い合うように笑い声がまきおこる。

想像してみてくれ。群れた女の高笑いほど怖いものはないだろう。

俺たちは息を殺し、気配を消すしかなかった。

だが、いくら多数派の女生徒たちの視線を避けつづけても、彼女らのパワーはけっして抑えきれない。すでに俺のロッカーには色とりどりの張り紙がマグネットで貼られ、イケてる女子たちの恰好の伝言板となりさがっていた。

元来、この場所には女子洋裁学校が建っていたのだ。だが出生率の低下により、生徒数が激減して廃校になった。その広い敷地に怪しげな私立高校が出現したのは、たぶん政府高官による流行《はや》りの忖度《そんたく》があったからだろう。

そんな風に父の源太郎が言っていた。

探偵科の時間割りは一風変わっている。午前中は合同の一般授業だが、午後からは選択科目別の少人数で実践される。

赤レンガ造りの谷根千高校は、元洋裁学校を改装しただけの古くさい建物だ。三階の薄暗い教室に入ると、俺をいれて七人しか生徒がいなかった。

どうやら新設された探偵科は、大幅な定員割れだったようだ。

「乱歩、大事な用はすんだ？」

大股で近寄ってきたアガサは、早くも俺を呼び捨てだった。

態勢を立て直し、きつめの口調で言った。

「スッキリしたよ。それにしてもペンネームで谷根千高校に入学するなんて、君もいい根性してンな」

「ほう、そうくるの。失礼じゃない、トイレの中で私のことを調べたりして。女性に対する最低限の礼儀ってもんがあるでしょ」

「そこはあやまる。でもさスマホで検索したけど、ブログやツイッター、SNSにも〝アガサ松原〟なる女性はどこにも存在してない」

「おもしろい。幽霊女子高生ってわけね」

「でも、月刊誌が募集してる【推理小説新人賞】の二次通過者の中にその名があった。結果は落選だけど」

「読みが浅いわね。この世界はしょせん仮想空間。ネットの情報は実社会とつながってはいない。でも、私はここにいる」

「それは詭弁《きべん》だよ。たしかに君はそばにいて、ご自慢の青い瞳でオレをたぶらかそうとしてるけど。〝アガサ〟って名で真っ先に液晶画面に出てくるのは、英国の女流作家アガサ・クリスティ。したがって君は推理作家きどりの鼻もちならない人物だってこと」

「乱歩って勝負にこだわるのね。さすがエースピッチャーくずれだわ。この近くに父子で住んでるようだし、ヒマな時に立ち寄らせてもらうわね」

「そっちもこっちを調べてたのか」

「そう、どっちもどっち」

余裕ありげに、しゃれのめした返答で応酬してきた。小生意気なクラス委員を追いつめたつもりでいたが、相手のほうが一枚上手だったようだ。

窓ぎわの席にいる剣崎が、皮肉っぽい表情でこちらを見ている。

妙に教室内が暗いのは、窓に黒幕が張られていて外光がさえぎられているからだ。外部からの目を避けるなんて大仰《おおぎょう》すぎる。新設高校のちゃちな探偵科の授業を、望遠レンズで撮るヤカラがいるとでも思っているのだろうか。

だだっ広い教室には黒板やホワイトボードが見当たらない。

そのかわりデスクトップがそれぞれの机上に設置されていた。入学案内書に記されていたように、個別のパソコンで授業が進められるらしい。

最前列に陣取るヒラリンが、ちらちらとアガサに視線をむけている。他の男子生徒の目もアガサに釘づけだ。

女だらけの谷根千高校で、この探偵科だけが女ひでりだった。

クラスに女性は一人だけ。しかもとびっきりのハーフ美女なのだ。早くも男子生徒のハートをわしづかみしている。

入学初日にアガサは女王様としての立ち位置を確保していた。

俺に勝ち目はない。女王アガサは誇り高いし、下々《しもじも》の言うことなんか耳をかさない。さからわないほうが無難だが、逆に闘争心に火がついた。

俺の心の大半を占めているのは青い目のアガサではなく、薄茶色の瞳を持つサウスポーの野球少女だった。

耳の良い女王アガサが、とがったあごをしゃくった。

「さ、席につきましょう。探偵科の担任教諭が階段を上がってきたわよ」

「そうか、いったん休戦だ」

対抗するように俺は彼女の左隣に着席した。相手がだれであれ、こうして勝負ごとに燃えるのは博打《ばくち》好きな父親のＤＮＡをゆずり受けたからだろう。

間をおかず、担任教諭が入室してきた。

「うっ……」

俺をふくめ、六人の男子生徒が間の抜けた吐息をもらした。

目の前にあらわれたのは、なんと先ほど入学式で祝辞をのべた妙齢の女校長だった。彼女は新設高校の運営だけでなく、探偵科の教諭も兼ねているようだ。アガサは事前に知っていたらしく、なんら表情に変化はなかった。

女校長は右手に金属製の差し棒を持っていた。使い方しだいでは、相手をぶちのめす凶器になりそうだ。

教壇の彼女は挨拶もせず、名乗りもしなかった。かたい面相に感情の起伏はなく、まるで中世の鉄仮面のようだ。

「では、それぞれのパソコンを起動させて」

有無《うむ》を言わせない謹厳な声音《こわね》だった。

俺たちは指示どおり電源ボタンをプッシュした。すると液晶画面に生徒七人のプロフィールが次々と映しだされた。

ざっと流し読みしたが、野球バカの俺以外は頭のいいヤツばかり。記されたＩＱ欄を見たら、俺はぶっちぎりの最下位だった。

ＩＱ１４８のヒラリンがさっと挙手した。

「こんなことゆるされるんですか。ぼくたちの承諾もなく、プライバシーに関することまで掲示して。しかも先生自身のことは何も載ってない。不公平ですよ」

「興味があったら自分で調べてみる。ヒラリン、それが探偵の鉄則でしょ」

「ヒラバヤシです」

「そうだったかしら。でも、アガサだけは私のことを調査済みのようね。ただひとり超然としてるし」

女校長から投げかけられた視線を、クラス委員のアガサはしっかりと受けとめた。

「もちろんです。明智典子《あけちのりこ》先生にあこがれて探偵科に入学したのですから。海外勤務の多い商社マンのお父さまの影響をうけて渡米。ハーバード大学出身の敏腕弁護士で、オバマ前大統領の政策顧問をつとめておられた。ご趣味はクラシック音楽と格闘技」

したり顔のアガサが、謎の鉄仮面の素性を明らかにした。

負けじと、ブラックハッカーの剣崎が口をはさんだ。

「それほど敏腕じゃないかもな。明智先生はアメリカの政局を読みちがえ、民主党のヒラリー・クリントンを応援していたらしい。共和党のトランプ政権が発足してホワイトハウスをお払い箱になってるようだし」

「剣崎、あなたはとても優秀だけど、場の空気が読めない。私から見れば犯罪者予備軍。言葉を慎《つつし》みなさい」

表情を変えず、明智先生がぴしゃりと言った。

相手は女校長だ。スネに傷を持つ剣崎が視線をそらした。

さすがにアメリカ帰りの超エリートは手きびしい。俺は東京の下町育ち。無教養な野球少年なので首をすくめるばかりだった。

弱気になって顔を伏せたのがまずかった。女教師の矛先《ほこさき》は、じっと気配を消している俺にむけられた。

「どんな組織もリーダーが必要よね。目標を定め、一致団結して解決していく。乱歩、今日からあなたがこの探偵科のリーダーよ」

「えっ、どうして……」

「だってプロはあなた一人しかいないでしょ」

「言われてみれば、そうだけど」

「ちゃんと探偵業でお金を稼いでるでしょ。ほかの生徒らはしょせんアマチュアだしね。どんなに頭がよくて洞察力がするどくても、じっさいの事件現場で役に立つとは思えない。私が指導するこの探偵科は、筆記テストではなく実践能力で点数をつけていきます。そこで赤点をとれば即退学」

他の同級生たちは不満げだった。

どうやら探偵助手の俺は過大評価されているらしい。このままでは身丈に合わない役目を背負わされてしまいそうだ。

荒っぽい口調で、俺は本来の自分をさらけだした。

「勘ちがいすンなよ。昔からオレは協調性も指導力もない。学費免除の甘い誘いにひかれて入学しただけなんだよ」

「その通り。いまのところ探偵科で学費免除の特待生は荒川乱歩だけ。つまり現時点で学年トップの成績優秀者」

「このオレが学年トップ？」

「そう。新設校なので上級生がいないから全学年のナンバーワン」

まったく、あきれかえってしまう。

リーダーとしての資質なんか一ミリも持ち合わせていない。どこを探しても、『成績優秀』の四文字は出てこない。ＩＱ１００以下の野球バカが、頭脳明晰な連中をひっぱっていけるわけがなかった。

いちばん裏表のありそうなアガサが、見え見えの作り笑顔で明言した。

「明智先生のおっしゃるとおり、荒川乱歩くんがリーダーとして適任です。これからは彼を中心にして、より良いクラスをつくっていこうと思います」

だれからも反論はなかった。

それほどに女王アガサの言葉は重い。なにせ彼女のＩＱは、ダントツの１７２で超天才レベルなのだ。

意外にも天才ハッカーと呼ばれている剣崎は、IQ125の秀才レベルだった。たぶん彼の頭脳はハッキングだけに特化されているのだろう。

アガサの適切な処理能力をみて、明智先生が満足げにうなずいた。

そして、おもむろに一学期の課題が出された。

「使い古しの過去問ではなく、現在進行中の社会問題に取り組んでいきます。今回は地域に密着した『S字坂の殺人事件』について再調査します。乱歩、あなたは地元だし、この事件を知ってるわよね」

さっそくリーダーの俺に説明役がふられた。頭はよくないが、二年前の出来事なので概要は憶えている。

「まず言っとくけど、江戸川乱歩作『D坂の殺人事件』と混同しないように。明智先生は殺人事件だと言ってるけど、じっさいはありふれたひき逃げ事故なんだ。S字坂はすぐ近くの根津《ねづ》神社の裏道のことで、S字形に曲がっていて前方が見通せない。だから今回の交通事故が起こったのだと思う」

またも目立ちたがり屋のヒラリンが挙手し、疑問点をぶつけてきた。

「ちょっと待って。君と先生の認識は一致してないよね。交通事故なのか、それとも殺人事件なのか、はっきりしてくれたまえ」

「黙ってろ、ヒラリン。これはオレたち谷根千の地元民には重大な問題なんだ。二年前の春、塾帰りの小学生がS字坂でひき殺された。車を運転してた犯人は逃走して捕まっちゃいない。つまり交通事故だけど殺人事件でもある」

俺の話を明智先生がひきついだ。

「そう、卑劣なひき逃げ犯をこのまま野放しにはできない。それに警察の捜査も行きづまっています。しかも年月と共に事件は風化しつつある。だからこそ私たちが、新鮮な目で掘り起こさなければ」

すると、皮肉屋の剣崎がまたもからんできた。

「明智先生、ぼくたちを学校経営の道具に使うのはやめてくれませんか。地元密着といえば聞こえはいいけど、本当の狙いは難事件を解決して探偵科の名を高めたいからでしょ。当然、生徒らを指導している担任教諭の名も喧伝されるしね」

「アメリカでは自分の能力を最大限にアピールしなければ、すぐに首を切られてしまう。うまく更生したフリのあなたも、ここで背をむけたらせまくて暗い場所へ舞いもどることになるわよ。リーダーの乱歩の下について、ちゃんとサポートなさい」

女校長の脅し文句は堂に入っていた。

明智典子は当校の全権を握っているのだ。噂のブラックハッカーは鼻をへし折られ、くやしそうな顔でうつむいた。

波乱の幕開けだ。

生徒間の感情は乱れっぱなし。担任教諭との仲もぎくしゃくしている。なによりも出たとこ勝負の俺がリーダーなのが致命的だと思った。


団子坂探偵局は、D坂こと団子坂の中ほどにある。

かつては、この場所で江戸川乱歩が三人書房という古本屋をひらいていたらしい。わずか十八坪の狭小地に建つボロ家。しかし、俺にとってはかけがえのない生家だった。

この地で生まれ、野球少年として育ったのだ。融通《ゆうずう》のきかない性格は、たぶん母のぬくもりを知らないからだろう。

子供のころに両親は離婚した。そのままオヤジにひきとられたので、実母の面影なんかこれっぽっちも憶えちゃいない。むさくるしい父子家庭だということも、しぜんに受け入れていた。

父の源太郎は元警視庁捜査一課の腕利き刑事だった。だが子育てを優先し、自由に時間を使えるフリーランスの探偵に鞍替《くらが》えした。おかげで幼い俺は、父子定番のキャッチボールが毎日できて楽しかった。

そしてなによりも、勉強について何も注意されなかったのがありがたい。

当然、難点もある。オヤジがつくる料理はチャーハンとスパゲッティの二種類だけ。わが荒川家の炭水化物の摂取量は群を抜いていた。

隣の台所から、酒焼けしたダミ声が投げかけられた。

「乱歩、晩飯だ。こっちに来な」

「あいよ。今いく」

間拍子を合わせてこたえ、俺は個室からダイニングキッチンへと歩を進めた。

二階には二部屋しかないので五歩で移動できる。一方、オヤジは一階の探偵事務所でずっと寝起きしていた。時をえらばず、事件はいつも唐突に起きる。緊急の依頼者はたいてい深夜にやってくるのだ。

食卓の前で、俺は思わず吐息した。

「……またかよ」

「気にすんな、育ち盛りのお前にゃ炭水化物が必要だし」

「よく言うぜ」

もちろん今夜もチャーハンの大盛りだ。あとの副菜は、丼に山盛りのタクアンと茹《ゆ》でキャベツ。男の料理は大ざっぱで量だけが多い。お茶もわかさず、紙パックの一リットル牛乳をグイ飲みするのが常だった。

この野性的な献立《こんだて》で、俺の百八十センチ超えの身長は形成されたのだ。右肩はイカれちまったが走力は温存されている。いざターゲットを追跡となったら、十キロぐらいは平気で追走できる。

対座するオヤジが、イモ焼酎で満杯のジョッキ片手につぶやいた。

「……ヤケに似てきたな」

「似てねぇよ。鼻の赤い酔っぱらいのオヤジになんて」

「いや、そうじゃない」

気持ちを察した俺は、強めの口調で言った。

「やめようぜ。十年も前に家を出て行った女のことなんか」

「そうだな、よそう。別れた女房の写真はぜんぶ焼き捨てた。でも男ってのはみんな未練がましくっていけねぇや。それにおまえにとっちゃ、たった一人の母親だし」

「まだ言ってる。メシがまずくなるよ」

「すまん。で、どうだった、登校初日の印象は」

「探偵科なんて最悪だよ。先生も生徒も気に入らない。探偵助手の経歴をかわれてクラスのリーダーにされちまった」

「つまりエースピッチャーってことだな。悪くないじゃないか」

かつて高校球児だったオヤジは何でも野球に例《たと》えたがる。俺が出場する試合は、いつも仕事をさぼって観戦にかけつけてくれていた。

「新設の谷根千高校には野球部なんてないンだよ」

「おまえが率先して創部すりゃいい」

「野球は九人でするもんだろ。男子生徒はオレをふくめて校内に六人きりだ」

「だったら女生徒たちを勧誘して入部させろ。そうなったら、俺も応援のしがいがあるってもんだ」

酔いどれ探偵は妙に上機嫌だった。

女房に逃げられても、そばに酒さえあれば愉快に暮らせるらしい。だが酒量は度をこしている。アルコール依存症の一歩手前だ。

その上公営ギャンブルにも手を出している。一連の流れでわが家の経済状況は完全に破綻していた。

オヤジの素行が悪いので、最近では団子坂探偵局の評判もガタ落ちだ。

今月は一件も依頼がない。現金収入を得るため、私立探偵のオヤジは便利屋めいた仕事もこなしている。言いかえれば私立の廃品回収業だ。

手柄顔でオヤジが言った。

「乱歩、今日の出目は最高だぜ。やっとツキがまわってきたかもな。近くの高杉邸《たかすぎてい》から依頼があって、回収した年代物の古椅子が高値で売れそうなんだよ」

「高杉邸って、あの元侯爵の……」

「そう、戦前まではこのあたりの大地主だった。いまは千駄木《せんだぎ》の大きなお屋敷で祖母と孫娘の二人暮らしだ。部屋を改築するとかで、古い家具を処分したいとおっしゃってな。小型トラックで訪問したら邸内は宝の山さ」

「まさか無断でパクったんじゃないだろうね」

オヤジならやりかねない。いつも金にこまっているし、現金化できる家具をかってに持ち出したとも考えられる。

「心配するな。ちゃんと孫娘の霧子《きりこ》さんの了解はとってあるから」

「なら、高杉家当主のおばぁさんは……」

「旅行に出かけたとかで不在だった」

「まずいよ、オヤジ。なんだかイヤな予感がする」

どうやら今回の依頼は、世間知らずの孫娘が仕切っているらしい。世知に長《た》けた祖母なら、見知らぬ他人を自邸に呼び寄せるようなことはしないはずだ。

酔眼のオヤジが頭髪をボリボリとかいた。

「いけねぇ、おまえの直感はよく当たるからな。でもな、幸い古椅子はまだ売り払っちゃいない。一階の事務所に運びこんである」

「オレに見せてくれよ。ただのガラクタだったら問題ないし」

「よし、もういちど二人で鑑定してみよう」

早々《そうそう》に晩飯を切り上げ、俺たちは階下へと降りていった。

乱雑な事務所の片隅に、でっかい革張りの椅子が置かれてあった。黒革は少し色あせているがクラシックな造形がすばらしい。見るからに高値のアンティーク家具だ。大柄な西洋人が身をあずけるには最適な逸品《いっぴん》だろう。

俺は外国人風に両手をひろげた。

「オヤジ、完全にアウト。これは廃品じゃなくて高級品だよ」

「だよな。欲に目がくらんじまった」

「よくもまァ一人で運びこめたね」

「火事場の馬鹿力ってやつかな」

「こうなったら一刻も早く高杉邸へ返すしかないっしょ。めっちゃ重そうだけど二人で運び出そう」

「その前に霧子さんに電話してみる。おばぁさんの行き先を訊いて、ちゃんと事情を説明しておかないと」

正気に戻ったオヤジがケータイをとりだした。そして孫娘と連絡をとった。しかし、二言しゃべっただけで会話は終わってしまった。

「オヤジ、先方は何て言ってた」

「祖母はケータイなんか持ってない、古椅子はそっちで処分してくれってよ。それだけ言って電話は切れちまった」

「こまったな。どう処理すれば……」

「乱歩、おまえは頭がかたすぎる。こうは考えられないか。いったんこちらが引き取った物はこっちの物だって」

「つまり売りとばすってことだよね」

まんざらそれも悪くない。

相手に依頼されて回収した廃品ならば、どうあつかおうと自由だろう。現金化できれば、少しはわが家の経済も好転する。

探偵助手の俺は、そう思いはじめた。

もとより探偵業はダーティだ。お金を支払った依頼者が悪党で、標的とされた人物が善人でも、俺たち父子は迷わず依頼者のがわにつく。金に転ぶのかと素人は眉をひそめるだろうが、それがプロってもんなんだ。

汚い金でも、金に変わりはない。

そのかわり捜査には全力をつくす。そうした覚悟を承知の上で、明智先生は俺をリーダーに抜擢《ばってき》したのだと思う。

突然、玄関のチャイムが鳴った。

日ごろ剛毅《ごうき》なオヤジも、小心な犯罪者みたいにビクッと肩をふるわせた。夜の訪問者には慣れているが、あまりにもタイミングが悪すぎる。

まさか警察なのか？

もしかすると高杉家の孫娘が、オヤジの言動を怪しんで通報したとも考えられる。近くにいた俺は、しかたなく事務所の扉をひらいた。

目の前に立っていたのはいかついポリスではなかった。

なんと探偵科の同級生だった。

「アガサ……」

「予備校帰りに寄ってみたの。リーダーのあなたと話し合って、クラスをまとめていかなければならないし」

「まァ、そうだけどさ」

「さっきあなたにお宅へ立ち寄るからって伝えてたでしょ。浮かない表情だけど、ここで門前払い？」

アガサの青い瞳は怖いほどに透きとおっていた。

来ると言えばかならず来る。有言実行が彼女の信条らしい。万能の日英ハーフは、無能なリーダーの俺に近づいて、うまく操《あやつ》ろうとしているのかもしれない。

「色々と取り込み中だけど、とにかく中に入れよ」

「おじゃまします。あれっ、この人は……」

入室したアガサの視線が、赤っ鼻の酔いどれ探偵へとむけられた。

「どっこも似てないけど、オレの父親だよ」

若い女にめっぽう弱いオヤジが、へどもどまごつきながら挨拶した。

「よろしく、荒川源太郎です。うちの愚息がお世話になってるようで」

「こちらこそ、よろしくね。伝説の名刑事とお会いできて光栄ですわ。捜査一課の切り札として数々の難事件を解決され、警視総監賞を何度も受賞なさってるし」

「いやぁ、それは昔の話ですよ。いまはごらんのとおりの酔っ払いで」

俺は二人の話に割って入った。このままほっとくと、わが家のプライバシーがすべて露見してしまう。

「オヤジ、もういいだろ。二階へ上がっといてくれ。彼女と少し話があるから」

愚息に注意され、オヤジはしぶしぶ階段をのぼっていった。

アガサは抜け目がない。訪問前に、荒川源太郎の過去の名声までちゃんと調べ上げていた。この様子なら、父子家庭で育ったバカ息子の性癖まで知っていそうだ。

やたら勘の良いアガサが、こんどは子猫みたいに可愛い鼻をひくつかせた。嗅覚も人並みはずれて敏感らしい。

「ね、なんか匂うけど」

「オレにゃわからない。男所帯だし、部屋に体臭がこもってるかも」

「そんなレベルじゃないわ」

「失礼なヤツだな。じゃあ、どんな匂いなんだ」

少し間をおいて、アガサがずばりと言った。

「……死臭」

「えっ、なんだって！」

「祖父が亡くなったとき、いまと同じ匂いがしてたわ。ほら、そこの黒い革椅子から死臭が洩《も》れてる」

彼女はさっと部屋の隅の古椅子を指さした。まるで名探偵が真犯人をつきとめたような仕草だった。

「まったく人騒がせだな。推理小説の読みすぎだよ。江戸川乱歩の『人間椅子』じゃあるまいし、この古椅子の中に人間が入ってるわけがない」

「正式には人間じゃない。死体よ」

「アガサ。もしまちがってたら謝《あやま》ってもすまないぞ」

「いいわよ。判断ミスなら私を好きなようにして」

青い目が笑っていない。

どうやら本気らしい。俺と同じく究極の負けずぎらいだ。身体を張ってでも我《が》を通そうとしていた。

「よっし、この勝負もらったぜ。君が勝てばオレの嫁にしてやるし、もしオレが勝ったらメイドとしてこき使うから」

勝利を確信した。どう考えたって、万に一つも古椅子から死体が転げ出てくることなんかないだろう。

俺は工具箱からカッターナイフをとりだした。

傷物の家具は二束三文の値打しかなくなる。でも勝ち負けにこだわる俺は、古椅子の背面の黒革をばっさりと切り剝がした。

密閉されていた空間から強烈な悪臭が吐き出された。

「これは……」

まぎれもない死体が、ごろんと仰向《あおむ》けざまに倒れこんできた。腰くだけになった俺は、ギャッと情けない悲鳴をあげてしまった。

そばに立つ名探偵アガサが、憎らしいほど冷静な声音《こわね》で言った。

「私の勝ちだけど、あんたの嫁になるなんてお断りよ」

第二章《D坂の殺人事件》

事件現場に遭遇したとき、けっして自分から警察に通報してはいけない。もし目撃してしまったら、そしらぬ顔で通り過ぎるべきだ。なぜなら、真っ先に疑われるのは通報者と目撃者なのだから。

元刑事のオヤジは、いつもそんな風に言っていた。

だが現在、当の本人が容疑者として事情聴取をうけている。理由は簡単だ。オヤジが回収した古椅子の中から身元不明の男の死体が転げ出てきたのだ。俺の悲鳴を聞き、あわてて通報したのもオヤジ自身だった。

いくら弁明しても、容疑は深まるばかりだ。

世間さまから見れば、荒川源太郎はギャンブル狂の私立探偵。酒臭い息を吐き、赤濁りの目で街をほっつき歩いている。

まったく怪しいったらありゃしない。

いくら取調室で抗弁しても、『金目当ての犯行』でかたづけられてしまう。回収品を売り払おうとしていたし、客観的にみて革椅子の中へ死体を隠せるのはオヤジだけなのだ。動機があって、アリバイがない。

これでは息子の俺も手の打ちようがなかった。運の悪いことに、死体発見の第一目撃者たるアガサは警察寄りの姿勢をくずさなかった。

いまの時点で彼女の証言は重大な意味を持つ。なんとか助力してもらいたかった。俺は女王アガサにひざを屈し、昼休みに校舎の屋上へ呼びだした。

「ありがとう、アガサ。来てくれて感謝してる」

「乱歩、場所が悪いわよ。もしかしたら、安直なサスペンスドラマみたいに私を屋上から突き落とすつもり？　あなたも事件の共犯者なのかしら」

「笑えないよ、そんなジョーク」

「本気かも。私は自分が見たとおりのことを警察に話しただけ。用事があって団子坂探偵局を訪ねたら、古椅子から異臭がしていた。そして中を開けたら死体発見。先入観にとらわれず、ありのままに証言したの。それがあなたたち父子を追いつめたとしても、私にはなんの落ち度もないはずよ」

理路整然とした語り口だった。どこにもつけいる隙がない。こんな時は情にうったえるしかないと思った。

「知ってのとおり、うちは父子家庭だしさ。メシや洗濯もずっと面倒をみてもらってきた。君も見ただろうけど、オヤジは根っから心やさしい男なんだ」

「悪いけど、そうは見えなかったわ。私の印象では理性を失った酔っぱらい」

「ひどい言い草だな。オヤジに会った時、名刑事みたいに持ち上げてたくせに。まったく頭にくるぜ」

「あなたこそみっともないわよ。私を味方につけて証言させ、警察の心証を少しでも良くしようともくろんでる」

「善悪じゃなく、それが情のかよった親子ってもんだろ」

「日本人特有のセンチメンタリズムね」

「そっちこそ話の通じないバイリンギャルじゃないか」

「それは二ヵ国語を話せる女の子のことよ。私はフランス語やスペイン語も話せるから当てはまらないわ」

逆にこちらの教養のなさを指摘された。下町育ちの俺ときたら、正しい日本語すらちゃんと話せない。

早くも交渉は決裂してしまった。

英国育ちの才媛《さいえん》に、谷根千の下町人情が伝わるはずがない。生来、俺とアガサは水と油なのだ。水を油紙に注ぐとパッとはじきとばされるように、俺の懇願など一切聞こうとはしなかった。

俺は覚悟を定めた。こうなったらディベートで立ち向かうしかない。

こっちはプロの探偵助手だ。知識ばかり詰めこんだ推理小説マニアのド素人に負けるわけにはいかない。

低姿勢に見切りをつけ、守備から攻撃に切りかえた。

攻撃こそ最良の防御。剣道四段のうちのオヤジがそんな風に言っていた。

「言いたくなかったけどさ、オレからみれば今回の事件では君がいちばん怪しいぞ。最初に大声で騒ぎ立てるヤツが最終的に真犯人なんだ。君の愛読する推理小説では、たいがいそうなってるだろ」

「失礼ね、根拠もないのに」

「根拠はある。アガサ、君のやってることはマッチポンプだ」

「なによ、それ」

「自分でマッチで火をつけて火災を起こし、真っ先にかけつけてポンプで火を消す。よくある手口さ。昨晩も突然わが家を訪れ、室内に入ったとたん死臭がすると言いだした。まるで初めから古椅子の中に死体があるのを知っていたかのように」

俺は一気にたたみかけた。

だが、女王アガサは余裕ありげにあしらった。

「おもしろい、そうくるの。私の協力が得られないとわかったら、こんどは言いがかりをつけて脅すってわけ。さすがその道のプロね」

「冷静に考えてみろよ。もしオレたち父子が犯人なら、ぜったいに君を部屋に入れないし、古椅子をカッターで切り剝がしたりしない。その点は警察もちゃんと考慮してる。なのに君の証言はかたよっていて、こっちに不利な情報ばかり流してる。もし裏事情があるのなら受け入れるから、この場で言ってくれ」

俺は自分の持ち札をサッと切った。

マッチポンプの真の狙いは、事件の収拾を持ちかけて何らかの報酬を受けとることにある。どんなに彼女の要求が理不尽でも、俺は承諾するつもりだった。

アガサがなんでもなさそうに言った。

「どうってことはないわよ。明智先生はあなたをリーダーに指名したけど、探偵科のクラスメイトはみんな力不足だと思ってるわ」

「オレもそう思ってるさ。頭もよくねぇし」

「だったら、無理することないンじゃないかしら。人にはそれぞれふさわしいポジションってもんがあるンだし」

わかりやすいアガサの提示に気抜けしてしまった。

リーダーの座を劣等生に奪われ、誇り高い彼女はどうやらプライドを傷つけられていたらしい。そんな称号に何の価値もありはしない。

欲しいなら、熨斗《のし》を百個つけてくれてやる。

「わかったよ、明智先生にはちゃんと伝えとく。オレにとっちゃオヤジの冤罪《えんざい》を晴らすことが先決だし、とても『S字坂の殺人事件』にまで手がまわらない。しばらく学校には来られそうもないし、次期リーダーとして君を推挙しとく」

「オッケー。あとは任せといて。あなたは『人間椅子』の事件に専念すればいい。プロの探偵としてはそっちのほうが面白そうだしね」

「かもな」

軽く受け流したが、俺は猛烈に腹が立っていた。

これはフィクションじゃない。俺たち父子にとっては危《あや》うい死活問題だ。すでに怪事件はテレビで報道され、オヤジは容疑者あつかいされている。谷根千高校の生徒たちだけでなく、先生方も白い目で俺を見ていた。

「乱歩、そろそろ行きましょ。探偵科の授業が始まるわよ。こんなところに二人でいたら、同級生たちからステディな仲かと誤解されそうだし」

「まっぴらだね。オレにゃほかに大切な女性《ひと》がいるし」

嫌味な捨てゼリフを残し、俺は背をむけて階下へと降りていった。

三階の教室に入ると、すぐさま一丁《いっちょう》噛《か》みのヒラリンがすり寄ってきた。好奇心の旺盛なメガネ野郎は何にでも首を突っこみたがる。頭は良いらしいが、まったくデリカシーのかけらもなかった。

「すげぇな。父親が殺人事件の容疑者だなんて、どんな気持ちなんだろ。後学のために聞かせてくれよ」

「クソだよ」

「だろうな。よくわかる」

「そして、てめぇはクソにたかる銀バエさ」

ほかの銀バエたちも、からみつくような視線で俺の様子をうかがっていた。

デブの大竹。薄毛の中村。チビの小島。大中小とモテない男たちの揃いぶみだ。かれらは多数の女子高生狙いで谷根千高校へ入学した。

しかし、現実はそんなに甘くない。

どんなに大勢の女がいても、見た目の悪い男はスルーされてしまう。女生徒らの視線を独り占めしているのは美男の剣崎亮だった。少年院上がりという暗い過去も、逆に女どものハートをゆさぶるらしい。

何よりも成人男性という彼の立場は盤石《ばんじゃく》だ。

俺たち未熟なガキッチョを大きく引き離している。そして人の弱みを探るのが何より好きなハッカー野郎が、今日もまた俺にちょっかいをだしてきた。

「乱歩、悪いがちょっと調べさせてもらったよ。君の親父《おやじ》さんの罪状は山ほどあるね。詐欺、窃盗、死体遺棄、殺人。懲役十五年が妥当な線だ。いや情状酌量の余地もないし、無期懲役がふさわしいかも」

「かってにほざいてろ、性根の腐ったブラックハッカーめ」

「早まるなよ。ぼくは反体制派だし、昔から弱者の味方なんだ。刑事くずれの親父さんが無実だということは知ってるさ」

剣崎が得意げにとがったアゴを右手でなでた。

天才ハッカーが仕入れた情報は貴重だ。言うこと為《な》すこと気に食わないが、救いを乞《こ》うしかないだろう。

「だったら、もったいぶらずに教えてくれよ」

「探偵助手の君と同じで、ぼくも情報収集のプロだ。無料《タダ》ってわけにはいかない」

「金欠なんだよ。月々の国民健康保険料も滞納してる」

「心配するな。そっちの生活状況は知ってるさ。お金の問題ではなく、よかったらおたがいの情報を共有しないか」

「情報って何を……」

「団子坂探偵局の事件簿を見せてほしい」

「やっぱそうなのかい。あばよ」

男の長話はろくな結果を生まない。それに交渉相手は犯罪者予備軍だ。こちらの情報を流したら悪用されるに決まっている。

短気な俺は交渉を打ち切った。

剣崎も深追いしてこなかった。ニヒルな冷笑を浮かべて自分の席についた。この探偵科のクラスに友情は存在しない。全員が疑心暗鬼の四文字にしばられている。ヘタに心をひらいたら即退学なのだ。

少し遅れてアガサが教室に入ってきた。自分にふさわしいポジションをなかば獲得し、晴れやかな表情をしていた。

「どうしたの、乱歩。ご機嫌ななめのようだけど」

「ほっといてくれ」

「なら、ご自由にどうぞ」

俺の右隣に着席し、ご自慢の波打つ金髪をゆったりと手櫛《てぐし》した。

日英ハーフの美少女が醸《かも》し出す雰囲気はひたすら気高い。まるでスイッチを押されたように、男子生徒らの吐息が室内に充満する。

くやしいが、女王アガサは本日も満開だった。

だが、それは『女の戦い』の序章にすぎなかった。

ふいにバニラエッセンスのような甘い匂いが教室内に香り立った。あきらかにアガサの発するものとはちがっている。

たしかに嗅覚は脳のてっぺんを直《じか》に刺激するようだ。俺はその特別な香りをしっかりと憶えていた。

名無しのA子。

荒川の橋脚下で出会った謎の野球少女の匂いだ。俺がふりむくと、他の連中もいっせいに背後へ視線を送った。

いた。A子だ！

あの時は黒いアメリカンバイクで河川敷に乗り入れてきた。だが今回は音もなく侵入し、だだっ広い教室の後ろに腕組みをして突っ立っている。しかもライダースジャケットではなく、きっちりと谷根千高校の制服を着こんでいた。素顔《スッピン》だし、目立つ茶髪も地味な黒髪に染めかえている。

俺と目が合うと、かすかに微笑んだ。

名無しのA子がゆっくりとこちらに近づいてくる。俺の胸奥《きょうおう》で危険信号が点滅する。隣席には女王アガサが鎮座《ちんざ》している。よく事情はのみこめないが、このままでは女二人が激突するのは目に見えていた。

どこにいても強気な女二人が間近で顔を合わせたら、結末がどうなるかは神代の昔から決まっている。

事態は予想通りになった。

名無しのA子が低い声で一発カマした。

「どきなよ。そこは私の席だからさ」

「だれ、あんた」

アガサの青い瞳がするどく光る。しかし同性のA子には女王様の威光が通じない。教え諭すように切り返した。

「乱歩のストーカー。だから私が隣にすわる。それだけのことよ」

「見たことない顔だわね。入学式でも見かけなかった。制服は着てるけど、たぶんニセ女子高生ね」

「十秒以内にどかないと、でかい尻を蹴っとばす」

「なんとかしなさいよ乱歩。この女、あんたのストーカーなんでしょ。それともさっき言ってた大切な女性なの」

アガサがきつい横目でこちらを見た。

「いや、そのう……」

うまく話せず守勢にまわった。ついさっき、俺が発した『大切な女性』とはまぎれもなく名無しのA子のことだ。

右肩をこわして野球漬けの日々から解き放たれた。精力が有りあまって女性への好奇心が沸騰点《ふっとうてん》にまで達していた。ちょうどそこへA子がアメリカンバイクで出現したのだ。健康な男子として平気でいられるわけがないだろう。

どう対処すればいいのか判断できない。

A子はいつも予告なしにあらわれる。心情的には強く惹《ひ》かれているが、言動があまりにも挑発的だ。この際、傍観者に徹したほうがダメージは少ないのかもしれない。俺は態度を決めかねていた。

だが、こうしている間にも運命のカウントダウンは刻まれている。

「……六、五、四、三、二」

残り一秒。

からくも女の戦いは回避された。明智先生が扉を押しひらいて教室内へ入ってきたのだ。そして金属製の差し棒をビュンッと振った。

「静かになさい。いったい何を騒いでるの」

俺は傍観者に徹した。すると新リーダーを自任するアガサが起立し、一連の流れを簡潔に説明した。

「この新顔のニセ女子高生が教室に乱入し、私に席をゆずれと脅迫しています。ちなみに彼女は荒川乱歩くんのストーカーだそうです」

たしかにアガサの言うことに誤りはない。

名指しされた俺は反論の根拠を探しあぐねていた。意外にも明智先生が優等生のアガサを冷徹な声調でたしなめた。

「アガサ、あなたは生真面目《きまじめ》すぎて観察眼がにぶい。だから探偵科のリーダーをまかせられないの。彼女を一見しただけで、なぜニセ女子高生と断定できるのかしら。もっと具体的に話してみて」

「だって、彼女は入学式にもいなかったし。探偵科の生徒のプロフィールにも載っていませんでした。それに『乱歩のストーカー』と公言し、私に敵意を抱いてるみたいだし、マトモな女性とは思えません」

「それらはぜんぶ憶測にすぎない。新入生は二百人ほどいます。一日でとうてい全員の顔を憶えられるわけがない」

「ふつうの人なら難しいでしょうが、私にはイージー」

「ええ、あなたは記憶力抜群ですもの。だけど頭の配線が精密すぎて、まったく冗談が通じないわね」

「何をおっしゃりたいのですか」

「あなたに対し、彼女が『乱歩のストーカー』と言ったのは、けっこう面白いジョークよね。欧米ではユーモア感覚のにぶい者は相手にされない。それに彼女は探偵科の生徒だし、プロフィールもちゃんと載ってます。パソコンを起動すればわかることよ」

天才レベルの才媛も、本物の仕事師には太刀打ちできない。アメリカの政府機関で働いてきた女校長の実績は揺るぎがなかった。

無表情な鉄仮面の言葉を裏付けるように、ブラックハッカーの剣崎がパソコンの検索結果を声高《こわだか》にのべた。

「アガサ、君の判断ミスだよ。今回は感情に流されて見誤ったね。いいかい、彼女の名は町山桜子《まちやまさくらこ》。ＩＱも君と同レベルだ。そしてリーダーの乱歩につぐ二人目の特待生。つまり君よりも上位ってことだ」

他の同級生らも液晶画面に見入っている。遅ればせに起動させた俺は、映し出された名無しのＡ子の画像を凝視した。

いや、もう名無しではない。

町山桜子というれっきとした女子高生だ。そして、こまったことに俺をつけまわす筋金入りのストーカーでもあった。

鉄仮面の謹厳な声がひびき渡る。

「席を替わりなさい、アガサ。そこは町山桜子さんの席だから。それぞれの席順もちゃんと画面に掲載されてるでしょ」

女校長の裁定はくつがえせない。女の戦いに敗れたアガサは、唇をきつくかんで後方の席に移動していく。

勝者は何事もなかったように俺の隣に着席した。

いったい彼女は何をたくらんでいるのだろうか。からっぽな俺の脳ミソは、『町山桜子』という名前にまったく反応しなかった。まるで記憶を失ったみたいに、きつく眉根を寄せるばかりだった。

略歴は東京生まれの十六歳。

これでは何の手がかりも得られない。あまりに簡素すぎて、事実かどうかも疑わしく思えてくる。

平然と一日遅れで登校しても、あのきびしい明智先生は叱責しなかった。それどころか、桜子の望むままに俺の隣の席をあたえてしまった。

しかも彼女だけが、『さん』付けだった。

いまの時点ではよくわからないが、女校長にとって桜子はかけがえのない人物であることは確かだ。だが、どんなつながりなのかは予測できない。

俺が感じとった疑念を、でしゃばりのヒラリンが代弁してくれた。

「明智先生。町山さんとは初対面だし、自己紹介してもらってもいいですか」

鉄仮面が鷹揚《おうよう》にうなずいた。

少し間をおいてから、謎の新入生がけだるそうに話しだす。

「私のことはプロフィール欄に載ってるわ。それ以上でも、それ以下でもない。一つだけ付け加えるとしたら、私はいつだって荒川乱歩の味方だってこと。これはジョークじゃない。そのことだけはしっかり覚えといて」

「クッフフ、完ぺきなストーカーだ」

例によって剣崎が冷笑した。

明智先生が近寄って、金属棒をヤツの眼前に突きつけた。

「剣崎、あなたはいつも一言多いわよ。それに昨晩は新宿の歌舞伎町《かぶきちょう》をうろついてたけど、いったい何をやってたの」

「……いや、映画を観てただけです」

「あなたは私の監視下にある。そのことを忘れないで」

「はい、肝《きも》に銘じておきます」

どうせその場しのぎだろうが、剣崎が殊勝《しゅしょう》な態度をみせた。

「いいわ、今回は大目に見てあげる。では本題に移るけど、本日は課外授業として『S字坂の殺人事件』の現場へ行って検証してみます。そのあとは現地解散するから、したくを整えて五分後に校門前に集合してください。さ、急いで」

伸縮自在の金属棒をカシャとおさめ、明智先生は教室から出ていった。

犯罪者予備軍の剣崎がふうーっと長い息を吐いた。

「あっぶねぇ、金属棒で目を突き刺されるかと思ったぜ」

それには誰も耳をかさず、通学カバンに教本などを詰めこんでいる。探偵科は時間厳守だ。落ちこぼれのブラックハッカーと駄弁をかわす余裕はない。

ただ一人、手ぶらで登校した桜子だけが愉快げにこちらを見ている。

「やめろよ、そんな目でオレを見るのは」

「乱歩、リハビリの十キロ走やシャドーピッチングはちゃんとやってる？」

「やってるさ。まだ野球をあきらめたわけじゃないし」

「よかった。でも楽しそうだね、このクラス」

「まぁな。みんな個性が強すぎるけど」

「でも、その中であなた一人が孤立してる」

「かまわない。マウンド上のピッチャーはみんなそうさ」

「ええ、孤独なエースが私の好みなの」

「小さな声でしゃべれよ。凍った瞳でアガサがオレたちを見てる」

「あいかわらず女心がわからないのね。彼女が必要以上にあなたに敵対するのは、それなりの理由があるのよ」

「わかってる。だからリーダーの座はアガサにゆずったよ」

「完全に読みちがえてる。もう一度よく考えてみて」

「くっそー、またナゾナゾかよ」

女心なんて知っちゃいない。めんどくさいし、わかろうとも思わない。他人のスキャンダルで生計を立てているが、本来の俺はスポーツ一辺倒の単細胞だ。入り組んだ男女の心理戦などに興味はなかった。

一つだけはっきりしているのは明智先生への感謝の念だ。俺たち父子の身にふりかかった怪事件には一言もふれず、粛々《しゅくしゅく》と授業を進めてくれている。

席を立った桜子が、中腰になって桜色の唇を可愛くツンとのばした。

えっ、こんな所でキス？

名無しのA子から桜子に名は変わっても、彼女の本質はみじんも変わらない。

大胆でお茶目なジャジャ馬娘め！

俺は肩をすくめて身構えた。同級生たちの視線が一点に集中する。しかし、甘く濡れた唇は俺の耳元でぴたりと停止した。

そして、くすぐるような小声でささやいた。

「……S字坂とD坂はつながってる」

「えっ……」

聞き返そうとしたが、桜子はさっと背をむけて退室した。

悪いクセだ。一問目が解けていないのに、続けざまに二問目が出題されたのだ。謎の言葉で翻弄《ほんろう》し、あわてふためく俺の様子を楽しんでいる。

それにしても桜子の指摘はするどい。

たしかに俺の生家は文京区内のD坂にあり、明智先生が課題としているS字坂とつながっていた。それは単に道順ではなく、ローマ字表記の二つの坂は今回の事件と関連があるということだろう。

暗雲がさし、ますます先行きが見えなくなった。


ヒラリンが身支度しながら問いかけてきた。

「新入生の彼女、なんて言ってたんだよ」

「でしゃばり男が気色悪いってさ」

メガネ野郎を軽くイジってから俺も教室をあとにした。

指定場所の校門前に探偵科の生徒らが集まった。だが一人足りない。予想通り、八人目の新入生はフケちまったようだ。自由奔放な性格だし、どう見ても団体行動などできないタイプだった。

校長という立場なのに、明智先生はそのことについて何も言わない。あきらかに町山桜子は特別待遇だ。とてつもないコネクションを彼女は持っているらしい。

表情を変えずに担任教諭が指示した。

「これからS字坂へおもむき、自分の目でしっかりと現場検証しなさい。私は同行しないので土地勘のあるリーダーに従うように。『S字坂の殺人事件』のレポートは明日までに仕上げて提出してください。乱歩、あとは任せたわよ」

「はいッ。ちゃんと先導します」

体育会系の俺の返事は抜群だ。好印象を抱いたらしく、明智先生はいつになく穏やかな顔つきで校舎内へもどっていった。

アガサに視線をむけると、めずらしくうなだれていた。

勝ち組の才媛にとって、たしかに本日は受難の日だったろう。さきほど明智先生からリーダー失格と指摘され、おまけに席替えまでさせられた。

負けが重なり、アガサはすっかりしょげかえっている。育ちが良いので、立ち直るのがむずかしいようだ。青い瞳も精彩をなくし、どんよりと濁ってみえる。

一方、少年院上がりの剣崎はさすがにしぶとい。

「あの女校長、いつか秘密をあばいて叩き落としてやる」

リーダーの俺は、意気軒昂なブラックハッカーに忠告した。

「剣崎、脇が甘いぞ。思ってることはずっと心に秘めてろ。それができないから少年院送りになったンだ。こうして皆の前で口に出したら明智先生に筒抜けだ。どこに密告者が潜んでいるかわからないし」

「ありがとよ、乱歩。ぼくは子供のころから対人関係が苦手なんだ」

意外にも、剣崎が忠告をすなおに聞き入れた。

そもそも二十歳にもなって高校へ入学してくるなんておかしい。精神年齢は見た目以上に幼いのかもしれない。

「さ、行くぜ、抜け道を通れば現場には七、八分で着く」

谷根千高校はD坂と本郷《ほんごう》通りが交わる高台にある。ひき逃げ事件のあったS字坂へ行くには、一方通行の車道を進むのが最短だった。

抜け道を知っているのは地元民だけだ。昼間でも車はめったに通らない。町内の子供たちも安全な通学路として使っていた。

俺たちはD坂を右に折れ、千駄木の住宅街を横目に見ながら歩いていく。アガサがさっと左脇に身を寄せてきた。

なにか魂胆があるらしい。敵意をひた隠しにしていた。

「リーダー、いま気づいたんだけどさ。あんたって天然の野生児っていうか、妙な魅力があるわよね」

「オレをリーダーって呼ぶなんて、どんな風の吹きまわしだよ」

「きっと強烈なフェロモンのせいよ。完全無欠な明智先生だけでなく、あの桜子もあなたを追っかけてるし」

「やめなよ、いまさら態度を変えるのは」

「女子はね、周囲の女の子が良いと言うと、なぜかそいつが良く見えてくるのよ」

「どうせ本当に言いたいことは別にあるンだろ。ま、オレもオヤジの冤罪を晴らすことに専念すると言っときながら、こうして他の事件にも首を突っこんでるけど」

誘い水をたらすと、アガサはさっそくのっかってきた。

「ええ。私なりに課題の『S字坂の殺人事件』について考えてみたの。一見すれば、ありふれた交通事故よね。目撃者もいて、ひき逃げした車種もシルバーのベンツと特定されている。だけど犯人は捕まっていない。あまりにも警察の動きがにぶすぎる。なのに明智先生はこの事件を取り上げた。いちばんの問題点はそこにあると思う」

「なるほど。これもミステリー小説の常道だけどさ、いちばん臭くて怪しいのは言いだしっぺの人物」

たしかにアガサの指摘には一理ある。

探偵科の担任教諭が出した課題はあまりにも卑近すぎる。地元民らに新設校を認知させるには恰好の展示品だろう。Ｓ字坂のひき逃げ事件を調査し、さらに運よく解決にまで導けば、谷根千高校探偵科の名は一気に全国レベルにまで引き上げられる。

「それに華麗な経歴の明智先生が、こんな新設校になぜ校長として赴任《ふにん》してきたのか理解できないわ。きっと何かを隠してる」

「アガサ、それは君も同じだよ。どこの名門校でも合格できたはずだ」

「探偵科という新奇な名称に惹かれたの。つまり私たちは『高校生探偵』でしょ。いずれはロンドンにもどって、英語圏のミステリー作家になるつもりだし」

「第二のアガサ・クリスティか」

「そこまでうぬぼれてはいないわ。それと桜子のことだけど……」

「欠席裁判かよ。いいから言ってみろ」

「彼女はとてもデンジャラス。あなたも近寄らないほうがいいわよ。きっとあとで泣きをみることになるし」

「想定済みさ。どうなったってかまわない」

突っぱねて歩を速めた。

もとより女の忠告なんてアテにならない。だれが見たって桜子は危険人物。ご当人がストーカーだと自称しているぐらいだ。その一方、みんなの前で『私は荒川乱歩の味方』だと臆面もなく公言していた。

つまりアガサにとっては危険人物でも、クラス内で孤立無援の俺にとってはありがたい援軍だと思われる。ただし、執拗《しつよう》な女の戦いにこれ以上まきこまれるのは避けたかった。

俺の思案はそこでとぎれた。

道脇につづく長いレンガ塀に目をうばわれたのだ。D坂近辺に建つ赤レンガの広大な屋敷。そこは、うちのオヤジがおぞましい『人間椅子』を運び出した高杉邸だった。

A子こと町山桜子の言葉が、より深い意味を持ってよみがえってくる。

二つの坂は抜け道でつながっているだけでなく、『D坂の殺人事件』と『S字坂の殺人事件』でも連動しているらしい。

古椅子から転げ出てきた男の死体は、二年前に起こったひき逃げ事件の関係者だとも考えられる。

パソコンがうまく使いこなせない俺は、自分の〝動物的な勘〟を優先した。

公道の各所に設置された防犯ビデオに、ひき逃げ犯の外車は映っていなかった。もしかすると、犯人は大地主の高杉家の私道を走り抜けたのではないだろうか。

まさしく法の抜け道だった。

目立つシルバーのベンツは、監視の目をくぐって運よく逃げおおせたらしい。

とっぴな推論を、俺はだれにも話す気はなかった。もちろん課題のレポートにも記さない。容疑者のオヤジを救うことを優先し、一人で探索するつもりだった。

もしかすると、町山桜子はなんらかの情報を握っているのかもしれない。しかし、正体不明の野球少女と深く交わるのは手にあまる。もやもやした恋愛感情と、シリアスな事件解決はけっして相容《あいい》れないと感じた。

住宅街を速足で通りすぎる。そのまま裏道を行くと、東京大学農学部の学舎が見えてきた。横手には広いグラウンドが併設されていて、いつも夕暮れ時には東大野球部員がのんびりと練習をしている。

先導役の俺は歩をゆるめ、左辺の抜け道へとそれた。前方に傾斜したS字形の坂が見える。眼下には広葉樹が青々と波打っていた。

落ちこんでいたアガサが生気をとりもどした。

「すごい。近くにこんなすばらしい緑の空間があったのね」

「緑色に染まっている一帯が根津神社だ。地域の氏神様さ。オレも子供のころは境内でよく遊んでた。そうした地元で小学生がひき殺されたんだ。見過ごしにゃできない。課題にとりあげた明智先生の着眼点はすばらしいよ」

「さすがティーチャーズペットね」

「なにも先生のお気に入りってわけじゃない。ここはオレのテリトリーだし、案内役にふさわしいと思われてるだけさ」

「あ、ほんとに急坂がS字形にカーブしてる」

アガサの言うとおり、急な下り坂の前方は折れ曲がっていて見通しが悪い。

減速せずに車が下っていくのは危険だった。S字坂に沿った根津神社の石垣には、いつもの花束が供《そな》えられている。いつ見ても痛々《いたいた》しかった。

「この場所で小学生の田辺《たなべ》守《まもる》くんが亡くなった。二年前のことだけど、いまだに献花が絶えたことはないよ」

「ちゃんと名前まで知ってるのね。でも不思議だわ、こんな都心部で交通事故を起こしながら、なぜ警察は犯人の車を見つけだせないのかしら」

アガサの疑問を、近寄ってきたヒラリンが補足した。

「ここは一方通行なので、逃走車の出口は不忍《しのばず》通りしかないンだ。しかも不忍通りの左右にはそれぞれ警察署と交番があって、たえず車の行き来を監視してる。事故発生後、すぐに通報があったというから、もし犯人の車を見逃したとしたら警察の大失態だよな」

剣崎も黙ってはいない。両人とも課題とされた『S字坂』を、昨日の下校時にちゃんと調査しにきていたらしい。

「その通報者の証言がまちがっていた可能性が高いよ。江戸川乱歩の『D坂の殺人事件』も目撃者たちの記憶の曖昧《あいまい》さがキーポイントだったしな。今回の通報も逃走車はシルバーのベンツと言ってたらしいが、夜九時ごろだし暗くて車種や色合いは特定できないと思う。つまり警察は初動捜査からまちがってたんじゃないかな」

まったく探偵きどりのアマチュアは手に負えない。聞いているだけで頭に血がのぼる。自論ばかり述べて、あまりにも人の死に対して無頓着《むとんちゃく》だ。

リーダーの俺は語気を強めた。

「てめぇら、いいかげんにしろよ。事件現場にきたら、まず被害者の冥福を祈って両手を合わせるのが普通だろ。勝手にベラベラしゃべってンじゃねぇよ」

「ごめんね、リーダー。私たちがまちがってた」

そう言って、アガサが花束の前で合掌《がっしょう》した。


肌の合わない連中と長く付き合ってはいられない。リーダーの特権を最大限いかし、わずか二十分で現地解散した。

探偵助手の俺には、やらなきゃならないことが山積している。任意同行とかで、今日もオヤジは早朝から地元警察署で事情聴取をうけている。帰宅するのは夜遅くになるだろう。

いや、運が悪ければそのまま逮捕されるかもしれなかった。

そうさせないためには、せがれの俺が事件解決の糸口を独力でたぐり寄せるしかない。もちろん打つ手はある。この地に赴任してきた警察官たちより、俺の方がずっと谷根千界隈の事情にくわしい。聞き込みや証拠品集めはお手の物だ。

現地調査に没頭している同級生たちを撒《ま》き、俺はいそぎ足で来た道をひきかえす。

俺にとって、本当の事件現場はD坂近くにある高杉邸だ。日銭稼ぎの廃品回収で、うちのオヤジは陥穽《かんせい》に転げ落ちてしまった。いったん暗い落とし穴にはまったら、自力で這い上がるのは困難だった。

自由の身の俺が、高杉家の当主に会って『人間椅子』の詳細を聞き出すのが先決だ。

千駄木界隈は、その地名どおり明治初頭まで丘状の雑木林だった。維新後、戊辰《ぼしん》戦争で功績のあった高杉侯爵に下げ渡されて住宅地に変貌したという。その中でも二千坪をこえる赤レンガの高杉邸はひときわ目をひく。

「なにが侯爵だよ。薩摩《さつま》のイモ侍が」

俺は元薩摩藩士をののしった。

わが荒川家のご先祖様は負け組の旗本《はたもと》だ。世が世であれば、俺たち父子も千坪ぐらいの屋敷で太平楽に暮らしていたことだろう。

通りに面した表門はかたく閉ざされている。

呼び出しのブザーなども設置されていなかった。高杉邸の前で行き暮れていると、アーチ型の鉄門がギシギシと軋《きし》みながら開いた。

どうやら遠隔操作《えんかくそうさ》らしい。

きっと中へ入れという合図なのだろう。恐れよりも怖いもの見たさがまさった。俺は誘いこまれるように邸内へと侵入した。

瀟洒《しょうしゃ》な外観とちがって、広い前庭は殺風景だった。あまり手入れのされていない芝生《しばふ》はのび放題だった。

「あっ……」

芝生がとぎれた前庭の奥にとんでもない物を発見した。

黒いアメリカンバイク！

おまけにヒューヒューッと女の口笛まで聞こえてきた。これって噂のデジャブなのか。

一瞬、既視感《きしかん》にとらわれた俺はあたりをきょろきょろと見まわした。

河川敷での不可思議な出会いが再現されつつあった。

ライダースジャケットに身をつつんだ女が洋館から立ちあらわれた。おまけにフルフェイスの黒いヘルメットまで小脇にしてやがる。

「乱歩、きっと来ると思ってたわ」

「いったい君は……」

何者なんだよ。

ロシアの木製人形マトリョーシカみたいに、次々と中から同じ顔の女の子があらわれてくる。俺はスカスカの脳ミソをフル回転させた。

愛らしいマトリョーシカが思わせぶりに言った。

「そう、名無しのA子。またの名は町山桜子」

「その実像は……。消去法でいくと、たぶん当家の跡継ぎ娘の高杉霧子。うちのオヤジに古椅子の回収を依頼した張本人だ」

「ご名答。お宅に電話をかけた時、高杉霧子と名乗ったのは単なる思いつきよ。町山桜子も同じこと。名無しのA子がいちばん気に入ってる。なにかほかに質問は？」

「結局、なんて呼べばいいんだよ」

「二人っきりのときはA子で」

「A子、なぜうちのオヤジに依頼したんだよ。廃品回収業者じゃないし、本職は探偵だ。裏事情があるとしか思えない」

「事情は簡単。あなたのお父さんだからよ。あんなボロ家で暮らしてるしさ、少しでも仕事をまわしてあげようと思って」

「よくもまァ言ってくれるな。たしかにわが家は火の車だけど……」

少しいじけた態度になってしまった。貧乏人はつらい。大地主の跡取り娘の前では本領を発揮できない。

A子が包みこむような声調で言った。

「せっかくこうして訪ねて来たんだしさ。三時のティータイムを一緒に過ごしましょう。どうぞ中へ」

完ぺきな上から目線だった。ボロ家暮らしの俺は、大理石が敷き詰められた館内へと足を踏み入れた。控え室を通りぬけて大広間に入ると、バカでかいシャンデリアが天井から吊り下がっていた。落下すれば確実に頭蓋骨《ずがいこつ》が粉砕されるだろう。

すこぶる居心地が悪い。彼女に魅せられているが対等ではない。アンティークな高級家具にかこまれ、俺は両肩をすくませるばかりだった。

窓際の長椅子に腰かけたA子が、自分の左隣をパンッと小気味よく叩いた。

「さ、こっちに来て楽にして。窓越しに桜の落花がきれいに見えるし」

「……そうだね」

俺は生返事をした。桜なんぞをながめて気楽にできるわけがない。ここは相手がたのホームだし、俺にとっては完全なアウェーだ。

言われるままに革張りの長椅子に並んですわった。すぐに老執事が銀盆片手に出てきた。紅茶とクッキーを丸テーブルに置き、そそくさと退室した。

「乱歩。なんだか浮かない顔をしてるわね」

「あたりまえだろ。オレたち二人がすわってるこの革椅子の下にも、死体が横たわってるかもしれない。とても楽しいティータイムとはいかないよ」

「職業病ね。人の好意をすなおに受け入れられないみたいだし。さっき同級生の前で言ってたでしょ、『私は乱歩の味方』だって」

「どこがだよ。君のせいで、うちのオヤジは窮地に追いこまれてる」

「廃品回収の料金も倍の六万円ほど支払ったわ。すべて善意から出たことなのよ」

彼女の言葉を鵜呑《うの》みにはできない。恩着せがましく、わが荒川家の窮状を救うためみたいな言い草が気に入らなかった。

なんでも疑ってかかるのがプロの探偵助手ってもんだ。A子がいつも高飛車な態度なのは生まれ育った環境だろう。東京の一等地に二千坪の豪邸を構えていれば、どんなわがままだってゆるされる。

A子は古椅子の中に死体があることを知っていたのかもしれない。その上で、近場の団子坂探偵局に電話依頼したとも考えられる。

目的は廃品回収ではなく死体処理！

だが蓄膿症《ちくのうしょう》のオヤジは死臭に気づかず、そのまま死体入りの古椅子を自宅へ運びこんだのではないだろうか。

俺の疑念をよそに、A子の口から新たな爆弾発言がとびだした。

「じつは椅子の中で死んでいた男に見覚えがあるの。あえて警察の事情聴取では言わなかったけどさ。死体の写真なんて長いこと見てられないし」

「無茶だろ、知っていながら黙ってたのかよ。おかげでうちのオヤジは容疑者あつかいだ。だれなんだよ、あの薄気味悪い『人間椅子』の男は」

「……私のストーカー」

「なんだって！　つまりストーカーの君のストーカーなのか」

俺は頭をかかえた。のんびり紅茶を飲んでる場合ではなかった。

こんなに男を悩ませる女に出会ったことがない。思わせぶりな態度で野球少年の恋情を刺激し、次々と難題を投げかけて感情をかき乱す。A子はまだ十六歳なのに、まるで世慣れた性悪女のようにふるまっている。

そうした美少女の魔性に惹かれた男がいたらしい。

「あいつはね、以前うちのお抱《かか》え運転手だったの。名は松崎達也《まつざきたつや》。私のことをチラチラ遠くから見ていて気色悪かったわ。なので数年前に解雇した」

「その後も、君につきまとっていたってことか」

「そうらしいわね。まさか古い革椅子に細工して、その中に松崎本人が入りこむなんて想像もつかなかった」

「つまり椅子にすわった君を、松崎達也は自分がクッションがわりとなって皮革ごしに抱っこしてたんだ」

「残念でした。だって古椅子は祖母が使ってたの。あの変態は、私が『人間椅子』にすわることを期待してたらしいけど、うまくいかなかった。結局は椅子の中に長居しすぎて酸欠で死亡したようね」

いわゆる死人に口なしってやつだ。死んじまった者は、もはや何一つ弁明できない。都合のよい彼女の推論を、俺はすぐさま打ち消した。

「いや、死因はまだ特定されてないよ。もしかすると事故死ではなく、他殺の線も考えられるしね」

「ふふっ、面白い。そうなると私が真犯人ってことか。殺した男の処置にこまり、古椅子の中に死体を詰めたまま搬出した。あなたもそんな目でこっちを見てるし」

少しも悪びれることなく、容疑者A子が笑声をひびかせた。

賢明で論理的なアガサよりも、やはり情緒不安定なA子のほうが手ごわい。

しかもA子という名も（仮）だ。自邸では高杉霧子で通し、谷根千高校探偵科においては町山桜子となっていた。そのほか、気分しだいで色んな名前をまきちらしている。

法治国家でそんなことが許されるのだろうか。

あの鋭敏な明智先生が、新入生の不正を見逃すわけがない。ということは、学校ぐるみでA子を守っていることになる。

利権のあるところに人は群がってくるものらしい。

無理筋だとわかっていながら、俺は彼女の怪しげな言動を追及した。

「ここへ来る途中、ご近所の人たちに聞きこみをしたんだ。みんな顔見知りだからさ、洗いざらい話してくれたよ。当家の女主《おんなあるじ》の高杉和江《かずえ》さんが、一ヵ月前から姿を見せないって。その間に見知らぬ少女があらわれ、孫娘だと称して高杉家を差配してるって」

「馬鹿げた妄想ね」

「はたしてそうかな」

「ほら、さっきティーセットを運んできた老執事もちゃんと私に仕えていたでしょ。長年高杉家で勤め上げてきた近藤さんが、見知らぬ私を受け入れるわけがない。それに和江おばぁさまは、膝を痛めたので箱根温泉で長期療養なさってるの」

「それは君の言い分で、なんの裏付けもない」

「なら、そっちの言い分は」

「こんな近所で育ちながら、なぜ同い年の君のことを思い出せないのかな。『相手に忘れられた女の子は、思い出してもらうのを待つしかない』とか言ってたけど、本当は河川敷で会ったのが最初だったのでは」

「ひどい。あなたは自分の記憶力の悪さを棚に上げて、都合のよいことばかり言ってる」

「ほかにも、おかしな点がいくつもある。君がオレの味方だってことは信じたいけど、真の狙いがわからない。本当のことを言ってくれよ」

もうこうなったら駆け引き抜きだ。話しているうちに気持ちが昂《たかぶ》ってきて、俺は心情をぶちまけた。

かすかにA子の目もとが揺らいだ。

そして彼女が何かを明かそうとした瞬間、無遠慮なスマホが俺の制服のポケット内で鳴りひびいた。

舌打ちしながらｏｎにした。

すると、女王アガサの晴れやかな声が耳にとびこんできた。

「みんなと一緒に根津の喫茶店にいるンだけどさ。三時のテレビニュースを観てたら、あんたの父親の荒川源太郎が犯行を自供して緊急逮捕されたらしいわよ。おかげで探偵科の同級生たちは大いに盛り上がってる」

他人の不幸は蜜の味だ。かってに騒ぎ立てればいいさ。

本人の俺は、窓外に舞い散る薄紅色の桜を悄然とながめていた。

第三章　《二銭銅貨》

朝っぱらから一人でコンビニ弁当を食ってると気が滅入《めい》る。

父子家庭で育った俺にとって、赤っ鼻のオヤジは空気みたいなものだ。周囲にあって当たり前。いなくなってしまうと、たちまち息がつまってしまう。恥ずかしながらファザコンなのかもしれない。

一階に降りて新聞に目を通す。

やはり三面のトップに『人間椅子』の記事がでかでかと載っていた。事務所の隅に置かれていた古椅子は、すでに証拠物件として警察に持っていかれている。すっぽりあいた空間が寒々《さむざむ》しい。

それにしても現状は最悪だ。任意で事情聴取をうけていたオヤジが、なにを血迷ったのか犯行を自白してしまったのだ。

家族が逮捕された場合、刑事事件専門の法律事務所へ連絡するのが鉄則だ。幸い、知己の竹下弁護士が三軒隣に住んでいた。私立探偵では手に負えない厄介事は、いつもご近所の誼《よしみ》で助力してもらってきた。

いまいましい記事を読み終えた時、団子坂探偵局の扉がひらいた。

チャイムも鳴らさず白髪《はくはつ》の老弁護士が入ってきた。世話焼きの竹爺《たけじい》は、いつものように窓際の木椅子にすわってタバコをくゆらせた。

「ごきげんよう、乱歩くん。さきほど警察署へ面会に行ってきました。心配いりません、万事順調ですよ」

「順調なわけないっしょ、竹爺。逮捕されちまったオヤジの様子を教えてください」

「落ちつきなさい。なにも逮捕されたからって犯人と決まったわけじゃない。二日間だけ警察署に拘留されるだけだから」

「その後は……」

「警察は四十八時間以内に証拠集めをし、調書をそろえて検察に身柄を送検できなければ源太郎さんは釈放される。それより乱歩くん、学校は？」

身内気分の竹爺は、孫あつかいの俺のことまで心配してくれていた。

「登校なんて無理っス。それより、オレもオヤジに面会したいンだけど」

「来るなとオヤジさんが言ってます。どうやら君を巻きこみたくないみたいだね。なぜなら警察がいちばん疑ってるのは……」

「だれなんスか、そいつは」

「乱歩くん、君だよ」

「オレッ！」

思わずサンバの掛け声みたいな奇声を発してしまった。

状況を甘くみていた。まさかこの俺までが警察の容疑者リストに載っているとは考えてもいなかった。

竹爺がきっちりとオヤジの心情を代弁した。

「源太郎さんは元刑事だから警察のやり口を知り尽くしている。とにかく事件を立件して、犯人とおぼしき人物を検察に送ることが警察の本分なんですよ。だから捜査員の目を君かららそらすために自白したのだと思われる」

「たしかに死体の第一発見者はオレだけど……」

「そして警察に通報したのは源太郎さんですよね。そのタイムラグについて、目撃者のアガサさんが、どういうわけか君に不利な証言をしているらしい。同級生の自宅へ呼ばれて訪問したら、君が自慢げに『すごいモノを見せてあげる』とか言って、古椅子をカッターで切り剝がしたと」

「流れは似てるけど、『人間椅子』の事件とはまったく別物ですよ。彼女は勝手にやって来て異臭がすると騒ぎだした。そして椅子の中から男の死体が転げ出てきても、まったく平然としてました」

「そこのところも、わたしにはよく理解できませんね。警察で事情聴取をうけたとき、君はなぜその事実を述べなかったのかね」

「彼女に不利なことを言うのは卑怯《ひきょう》な気がして」

俺たち父子はいつも貧乏くじばかりひいている。

父は息子の俺をかばって犯行を自白し、俺は同級生のアガサをかばったせいで、逆に容疑者の一人にされてしまった。

人権派弁護士として名高い竹爺が、木椅子にもたれて嘆息した。

「あーあ、いつ見てもまことに危《あぶ》なっかしい親子ですね。検察の再調査で不起訴になれば無罪放免だが、めっぽう危険な賭けだと思いますよ」

「うちのオヤジは根っからの博打好きで、しかも負けてばっか」

「負の連鎖ってことですね。担当弁護士として面会の折、源太郎さんから紙きれをそっと手渡されました。さ、受け取って」

「おっ、使い古しのトイレットペーパーじゃん」

「丸まってますから、あとでひらいてみれば」

竹爺が思わせぶりな口調で言った。察した俺はこっくりとうなずいた。

「わかりました。鼻でもかんで捨てておきます」

「それと今日あたり家宅捜索があるかもしれません」

「いまのオレにできることは……」

「ヘタに動きまわると、かえって警察に疑われます」

「そこンところはオレもわかってるけど」

「検察に送検されるまで三十時間ほど残っているし、わたしがなんとか打開策を見つけてあげる。それまで君は自宅でおとなしくしていなさい。これは男同士の約束ですよ」

そう言い置いて、竹爺は事務所から出ていった。

俺は机上の紙っきれを、ちぎれないように用心深くひらいた。これは俺とオヤジの安易な連絡法だ。使用済みの紙っきれが路上に落ちていても、ひろいあげる者は探偵助手の俺ぐらいしかいないだろう。

トイレットペーパーの内側には、薄い線で梅の花弁と鳥居の形が描かれていた。どうやら留置所のトイレ内でひそかに爪先で線描したらしい。

オヤジは江戸川乱歩の信奉者だった。

日本最初の探偵小説といわれる『二銭銅貨』をマネて、ことあるごとに一人息子の俺に暗号文解読をしかけてくる。それにしても稚拙な絵文字だなんて、今回はあまりにもレベルが低すぎる。

たぶん看視の目をぬすんで書いたので、五歳児ていどの出来になったのだろう。面会の担当弁護士に手渡すとなれば、トイレットペーパーは最良の品だ。もし見つかったとしてもクシャクシャに丸めてゴミ箱に捨てちまえばいい。

梅の花に鳥居のマーク。

何もひねらずに読み下せば『梅鳥居』。もしくは『梅宮』となる。しかし、それとおぼしき地名や人名に憶えはなかった。

「ワケわかんねぇよ、まったく……」

これは暗号文ではなく、ただの小汚いトイレットペーパーだと俺は結論づけた。

竹爺には悪いが約束は破るためにある。それに活発な野球少年が、自宅でおとなしくしていられるわけがない。

単独行動が探偵の美学なのだ。

人にたよってばかりでは事件は解決しない。だが青いジャージ姿で表通りに出ると、たちまちテレビクルーにとりかこまれた。

「○×△□！」

俺は放送禁止用語を叫び、大量発生した銀バエどもをなぎはらう。それから自転車《チャリ》にまたがってD坂を一気に走りくだった。坂の途中でサッとせまい通路へ入りこみ、マスコミ各社のバイクをふりきった。

路地裏にチャリを置き、リバーシブルのジャージを裏返して白地を表にした。尻ポッケに詰めていた野球帽を目深にかぶって変装をすませ、そのまま徒歩で目的地のS字坂方面へとむかった。

歩きながらだと、なぜか俺の頭は冴えてくる。

アガサが俺たち父子に不利な証言をしているのはそれなりに理解できる。ミステリー作家をめざす彼女にとって、今回の事件は恰好のネタなのだろう。初めての実体験に高揚し、何の裏付けもなく捜査をミスリードしているようだ。

死体を目にして驚かなかったのも、彼女がなかば虚構の中に身を置いているからだ。ふつうの感覚なら腰を抜かしちまう。

ギャッと叫んだ俺の方が正常だ。

そして名無しのA子は、大げさにいえばウォーターゲート事件におけるディープ・スロートだろう。

じっさいに〝大統領の陰謀〟を暴いたのは、ワシントンポスト紙の記者ではなく、内部情報を流したディープ・スロートなのだ。その正体はニクソン大統領側近のＦＢＩ副長官だったという。この秘話は明智先生の授業で知ったばかりだった。

今回の事件において、Ａ子は得がたい情報源だ。

『Ｄ坂とＳ字坂はつながっている』というするどい読み筋も、あながちデタラメとは思えなかった。

現に彼女が住んでいるのはＤ坂付近の大邸宅。目の前の私道をまっすぐ進めば、あのＳ字坂へと至るのだ。

和製ディープ・スロートのＡ子は俺の耳でささやき、ゲームのように次々と謎解きをしかけてくる。

いまの時点で、その真意がどこにあるかはわからない。けれども俺の味方だという言葉だけは信じたかった。

文豪森鷗外《もりおうがい》の散歩道といわれる藪下道《やぶしたみち》を走り抜けた。警戒をゆるめず、あたりを見回して根津神社の境内へと入りこむ。参詣人の多い本殿を迂回し、池ぞいの低い鳥居をくぐって乙女稲荷《おとめいなり》にお参りした。

ここは地域の小社で、俺も子供のころからよくお参りしていた。

奮発して百円玉を賽銭箱《さいせんばこ》へ放りこむ。

「……どうかオヤジの冤罪を晴らしてください」

声にだして一心に祈願すると、すぐに背後から返事がもどってきた。

「無理だよ、百円ぽっちじゃ願いごとは叶わないぜ」

皮肉っぽい声に聞きおぼえがある。ふりかえると、やはりハッカー野郎がクチャクチャとガムを噛んでいた。

「なんだよ、剣崎。あんたも学校をズル休みか」

「まぁな。それより乱歩、この乙女稲荷は恋愛成就の神様だぜ。警察ざたの祈願なんてまったく的外《まとはず》れだろ」

「ヘタな鉄砲も数撃《かずう》ちゃ当たる。それが地道な捜査ってもんさ。あんたが得意とする指先ひとつのハッカー攻撃とは真逆だけどな」

「たしかに現場に立たないと見えてこないモノもある。ここでぼくたちが出会ったのも乙女稲荷の導きだろう。色っぽいお稲荷さまに代わって色々と教えてやるよ」

四つ年上の同級生が妙に馴れ馴れしい。

昨日、リーダーの俺が好意的な忠告をしたことで態度を改めたようだ。もしかしたら話の通じるヤツなのかもしれない。

「聞こう。ハッキングで何を発見したんだ」

「いや、君の言う地道な捜査さ。S字坂の先はT字路で行き止まりとされているが、じっさいに現地調査してみたら、少しだけ右にずれた十字路だった」

「そういえば、あそこはいびつな十字路になってるな。不忍通りの向こうがわは文京区と台東区の境界線だし、警察の管轄《かんかつ》もちがう。よし、再調査してみよう」

「ぼくも一緒に行くぜ。乙女稲荷で結ばれた二人だし」

「よせやい。気色悪いよ」

俺たちは声をそろえて笑い合った。

陰と陽。引きこもりのハッカーと能天気な野球バカ。まったく性格のちがう二人だが、ひょんなことから行動を共にすることになった。

共同捜査だ。しかし、気をゆるしたわけじゃない。白砂の敷き詰められた境内を横切りながら、俺はさりげなく問いかけた。

「ハッカーが神社参りなんて似合わない。どうゆう風の吹きまわしだよ」

「あいかわらず疑り深いな。ぼくが参ったのは根津神社の本殿ではなく、乙女稲荷だよ。これだけ言えばわかるだろ」

「つまり恋愛祈願ってことか。それこそ皮肉屋のあんたに似合わない。で、想いこがれてる女性とは」

「相手が女とはかぎらないぜ」

「まさか……オレッ？」

俺はまたも素《す》っ頓狂《とんきょう》な声を発した。

「クッフフ、冗談だよ。ここはS字坂の近辺だし、神社の社務所へ行って事件当時のことを訊いてたんだよ。そこへ怪しげなジャージ姿の少年登場ってわけさ」

剣崎がクールな笑声をひびかせた。

「ちくしょう、冷や汗をかいたぜ」

まったくハッカー野郎は性質《たち》が悪い。うまくはぐらかされ、ヤツの調査活動に心ならずも同行する羽目になった。

だが、それは俺にとっても好都合だった。冷静に考えてみれば、二人で探った方が見落としが少ない。

根津神社の表通りに出てみると、右辺に曲がりくねった細い坂道が見えた。

そう、S字坂は根津神社の参道なのだ。

昔から神社と花街は共存している。このS字坂近辺も江戸時代は岡場所として栄えていたという。

これもオヤジからの受け売りだが、遊女が袖を引く坂道がローマ字表記のS字坂に変更されたのは、色町としての匂いを払拭《ふっしょく》させるためだったらしい。

やがて坂上は高級住宅地となり、いまはS字坂が不忍通りにまでつながっている。走行する車が少ないので人身事故が起こったことはなかった。けれども、二年前の四月に痛ましいひき逃げ事件が起こってしまったのだ。

同行の剣崎が急勾配の坂道を見上げた。

「どう見ても危ねぇよな。曲がりくねっていて、見通しが悪すぎる」

「いや、まっすぐな道のほうが運転手の注意力が散漫になって大事故につながる。このS字坂で死亡事故が起こったのは初めてなんだ。地元住民は充分に運転に気をつけているからね。きっとひき逃げ犯は地区外の人間だよ」

「乱歩、君の地元愛はすごいな。ある意味うらやましいよ。ぼくなんか根なし草だ。父親が旅芸人だったので各地を流れ歩き、一人の友達もできなかった」

「お涙ちょうだいの身の上話はハッカーには似合わないぜ」

「同感だ。いま君が置かれてる状況のほうがずっと危ういしね」

S字坂を下って不忍通りにでると多くの車が行き交っていた。

右辺に交番が見えた。左辺も五十メートル先に根津警察署がある。事故直後に通報されたのだから、手配車が警察官らの目を逃れるのは困難だ。しかも車種は目立つシルバーのベンツなのだ。

「おっとっと……」

道路ごしの信号機に目をやると赤だった。

まっすぐな十字路ではないが、たしかに車は直進できる。これならひき逃げ犯は地元警察の目をくらませて管轄外へと逃げ切れたかもしれない。

信号が青に変わったので、俺たち二人はさっさと横断歩道を渡った。

春陽の下、剣崎が青白い端正《たんせい》な顔をゆがませた。

「日差しがきつすぎるね。昨日の調査はここで終えたんだ。この先の道順については君のほうがずっとくわしいだろ」

「ほら、その先に見えるクネクネした小道が通称ヘビ道だ。あそこが文京区と台東区の境界線になってる」

「谷根千っておかしな所だな。夏目漱石や芥川龍之介らが暮らしていた『文豪の街』だなんて気どってるけど、じっさいは人も道もひねくれてやがる。君もマトモじゃないし、S字坂だのヘビ道だの」

定住できない流れ者は、蛇行した古い町並みに忌避感を抱いているらしい。

一方の俺は、直線でかたどられた大都市のビル群が苦手だった。

「道が曲がりくねってるのは歴史の重さだよ。あんたみたいなハッカーは未来ばかり見ていて、大事なものを見失ってるんだ。ヘビ道は明治期まで藍染川《あいぞめがわ》が流れていて、川の両脇には藍染屋さんが軒を連ねてたんだ。埋め立てられて暗渠《あんきょ》になってるが、地下水はいまでも上野の不忍池《しのばずのいけ》へ流れこんでる」

「わかったよ、もう講釈はたくさんだ。乱歩、本題にもどろうぜ」

「そうしよう。たぶん犯人の逃走経路は俺たちの歩いてるこの道だろう。左右に路地が網の目のように張られてるけど、大型のベンツは通行できない」

「だとすれば、逃走車は前方のヘビ道を突っ切ったってことか」

「それは無理なんだよ。ヘビ道を強引に横切って直進すれば、谷中墓地の石塀に突き当たっちまう」

「今度こそ出口なしか……」

剣崎の顔がさらに白っぽくなった。

せまいヘビ道は小型車しか通れない。谷中の寺町筋へと抜ける車道も、八十メートルほど行けば高い石垣に阻《はば》まれてしまう。散策路の谷中は、車ではなく人々が歩いて寺めぐりをする場所なのだ。

道も思考も行きづまってしまった。これが袋小路ってことなのか。俺たち二人は苦笑いして顔を見合わせた。

ピンチのあとにチャンスあり。

それが野球の勝負勘ってものだろう。かなり歩いたので、血のめぐりが頭の天頂部にまで達していた。

俺は自信ありげに言った。

「よっし、やっと出口が見えた」

「ぼくはお手上げだ。よそ者だし迷子になりそうだよ。今後は君の指示に従うから脱出法を教えてくれ」

「出口なしってことは、ひき逃げ犯も同じように袋小路に入ったってこと。言いかえれば捜査範囲がきっちりとしぼられた。この道の突き当たりの住宅街、谷中九丁目のどこかに犯人は潜んでる。きっと事故車のベンツもそこにある」

「なるほど、灯台下暗《とうだいもとくら》しか。たしかに足下は自分の影になって捜しづらい」

「ここはオレの地元だし、少しばかり過信してたかもな。あまりに近すぎるとかえって見えにくい。袋小路となったこの一帯を、丹念に調べていけば逃走車を見つけだせるかもしれない。やってみようぜ」

細身のハッカーが、さっそく弱音を吐いた。

「めんどくせぇな。歩いて捜すなんて」

「肩はこわしちまったが、自慢の健脚は温存できてる」

「外歩きの苦手なぼくには向いてない。足がたよりの聞きこみは君にまかせるよ。ぼくは谷中九丁目の住民たちに不正アクセスして個人情報を集めてみる」

それぞれの役割分担は決まった。

天才ハッカーとタッグを組めば、住民たちの裏情報はたやすく入手できるだろう。だが、拘留中のオヤジが検察に送られるまでの残り時間は限られている。

俺は【団子坂探偵局】の名刺を剣崎に手渡した。

「すまないけど、明朝までに集めた情報をここにメールしてくれ。オレはこの界隈をしらみつぶしに探ってみる」

「こっちはそんなに時間はかからないよ。夕方までにはメール添付《てんぷ》できる」

心強い返事がもどってきた。

味方につければハッカーほど役立つ者はいない。思わず俺が右手をさしだすと、剣崎が少し照れた顔つきで握手した。

「これからは情報を共有することになるから、手土産がわりに一つだけ伝えとく。新設された谷根千高校探偵科そのものが事件の根幹だとオレはにらんでる」

「そんなことは初めっからお見通しさ。あばよ」

キザな笑みを浮かべ、ハッカー野郎は踵《きびす》をかえした。


谷中もまた俺のテリトリーの一画だ。小学校の遠足で上野動物園へ行く時は、いつも谷中の裏道を抜けて行った。

昔このあたりは徳川家の菩提寺《ぼだいじ》だった。

町屋としての区割りがないので、住宅地となった今も一軒あたりの敷地面積が広い。寺町筋のはずれには百坪をこえる豪邸が建ちならんでいる。

剣崎と別れた俺は、谷中九丁目の街路をゆっくりと進んでいった。

それにしても、人のつながりなんて予想できない。

乙女稲荷に参ったことで、不仲だった二人は冗談が言い合える仲になった。少年院帰りのハッカーが新設高校へ入学する気になったのは、単に友達がほしいということだったのかもしれない。

たしかに共同捜査は利点が多い。一人なら見過ごす場面も、二人で会話することによって単眼が複眼へと変化する。

俺が追っているのは、『人間椅子』がらみの事件だ。そして剣崎が調査中なのは『S字坂の人身事故』。この二件は一本の道順でつながっている。

文京区の境界線をこえて道を進めば、かならず二つの事件の全貌がみえてくるはずだ。あとは直感を信じて歩きまわるしかない。しかし、こうして他家の表札を見ながら歩いている俺は完全な不審者だろう。

案の定、背後に人の気配がする。

ふりむくと、二人組の屈強な男たちが肩をゆらして近寄ってきた。うちのオヤジと同じ体臭がするってことは刑事にちがいない。団子坂の自宅を出た時からずっと後を尾《つ》けられていたらしい。

俺はさりげなく肩掛けバッグの中へ左手を入れ、小型ボイスレコーダーをｏｎにした。相手の声を録音しておけば、あとでなにかと役に立つ。

そして先手を打って自分から話しかけた。

「お勤めごくろうさまです、警視庁の刑事さんですよね。確認のためお名前だけでも教えてもらえますか」

「捜査一課の坂本だ。尾行も公務だからな」

「このたびは色々とお世話をかけまして申しわけありません。ご存じでしょうが、うちの父親も昔は同じ部署で働いておりました」

年かさの刑事が、しゃがれ声で俺に圧《アツ》をかけてきた。

「小僧、口は災いの元だぞ。顔も態度も気にいらねぇ。なまいきなこと言ってると公務執行妨害でしょっぴくぜ」

「脅かさないでくださいよ。そんな怖い顔して」

「おまえたち親子のことは初めっから怪しいとにらんでた。元刑事の私立探偵なんて社会のクズなんだよ」

「ひどい差別発言ですね。この場で謝罪してくださいませんか」

ことさらていねいな口調で言うと、坂本刑事がさらに居丈高《いたけだか》になった。俺のしかけた小さな罠にまんまと引っ掛かったようだ。

「言いたりないぐらいだ。浮気調査であぶく銭を稼いでるだけかと思ってたが、ついには人殺しまでやらかすとはな」

「いいえ、きっと取り調べで自白を強要されたのだと思います」

「ふざけるな！　自宅に持ち帰った古椅子から死体が発見されたんだよ。荒川源太郎が犯人に決まってる。息子のてめぇも共犯にちがいねぇ」

「それって警察の見込み捜査じゃないンですか」

「かってにほざいてろ、このクソガキが。いずれ家宅捜索が入るから首を洗って待ってろ。おれに目をつけられたら終わりなんだよ」

「勘弁してくださいよ、坂本さん」

「あやまってすむんなら警察はいらないってよ。小僧、覚悟しとけ」

これだけ言わせれば充分だ。自分の暴言が録音されているとは気づかず、坂本刑事がこわもての眼光で凄みをきかせた。

刑事たちは意気揚々と来た道をもどっていった。

「ちゃんとお待ちしてますから」

最後まで殊勝な態度で接し、俺はボイスレコーダーをｏｆｆにした。

やはり乙女稲荷の霊験《れいげん》はすばらしい。『オヤジの冤罪を晴らしてください』という願いは早くも叶えられつつあった。

不利な状況下で最強の勝負札を手に入れることができたのだ。相手の刑事の名前もしっかりと耳にした。

そして録音された刑事の言葉は、オヤジの自供を打ち消すほどの力がある。

慇懃《いんぎん》無礼《ぶれい》な俺の挑発を真《ま》に受け、坂本刑事は見込み捜査を露呈してしまった。この録音を人権派弁護士の竹爺に渡せば、一気に事態は好転するはずだ。

入学早々、高校生探偵として力を発揮できた気がする。

攻撃こそ最大の防御なのだ。オヤジを検察送りにさせないためにも、真犯人の後ろ影だけでも見つけなければならない。

強い意志を抱いて一歩前へ踏みだした。

その瞬間、俺は言い知れぬ違和感にとらわれた。子供のころから歩き慣れた住宅街の道順が、前方でぷっつりと途切《とぎ》れていたのだ。行き止まりの空間は小さな縦長の児童公園に変わっていた。

困惑した俺はあたりを見まわした。

タイミングよく、近くの家屋から買い物カゴを提げた主婦が出てきた。俺は作り笑いで問いかけた。

「すみません。この道はここで行きどまりでしたっけ」

「その先は二年前までは私道でしたけど、地主さんが土地を台東区に寄付されたとかで子供たちの遊び場になったんですよ。ちゃんと水場もありますから、ランニングをしてる方《かた》はよく給水なさってますよ」

白いジャージ姿なので、俺もジョギング中だと思われたらしい。そのまま相手の言葉にのっかった。

「で、その奇特な地主さんとは」

「法務大臣の梅宮大吉《うめみやだいきち》さんです。美談というか、ここが地元の選挙区ですしね。子供たちに憩いの場を提供されたのでしょう」

「梅宮……」

一瞬、俺は絶句した。

オヤジから渡された紙っきれが、ここにきて重大な意味を持ったのだ。事によると、梅と鳥居のマークは大物政治家をさしていたのかもしれない。いったいオヤジは何を俺に伝えたかったのだろうか。

「どうかなさいましたか」

「いや、とにかく新しい水飲み場ができてよかった。もうひとっ走りしてきます」

一礼し、俺はまわれ右してひき返す。

このあたりは梅宮議員の地盤だったのだ。東京三区の選挙区は文京区と台東区にまたがり、その中にきっちりと谷根千がおさまっている。

主婦の話の中で、俺の胸奥にひっかかった部分が二つある。

一つ目は『梅宮』という名前。トイレットペーパーの梅と鳥居のチープな絵文字が、とんでもない大物と結びついた。

二つ目は『二年前までは私道でした』という証言だ。

先ほど俺が感じた違和感はまさにそこにあった。

ヘビ道を突っ切って谷中九丁目へ入り、左辺の私道を進めば古い日本家屋の表門にたどり着く。門横には車庫があり、道幅も広いので大型車も自由に行き来できる。

俺の記憶ではそうなっていた。

だが今は車道が児童公園に変貌してしまっている。梅宮議員はみずから申し出て、自邸への車の進入路を遮断してしまったのだ。

敷地の数十坪をけずってまで地元へ奉仕するのは度がすぎている。オリンピックをあてこんで東京の地価は急上昇していた。谷中の高台にある住宅地は坪三百万を下らない。いくら票欲しさといっても帳尻が合わないと思う。

それに世の美談ほど怪しいものはない。

国会議員ならなおさらだ。頭の中のセンサーが警戒音を発した。二年前ということは、ちょうどS字坂のひき逃げ事件があったころだ。

確証などないが、現法務大臣への疑念がむくむくと膨《ふく》れあがってきた。

D坂はS字坂につながり、曲がりくねった通路はさらにヘビ道を越えて梅宮議員の邸宅にまで直結した。

これは偶然ですまされる道順ではない。しかも、すごろくの上がりにいた人物は日本の治安を仕切る最高指揮官だった。

S字坂のひき逃げ事件は、二年経《た》っても未解決のままだ。

地元民からは警察の手抜き捜査だと言われている。例によって、それが権力者への忖度なら大問題だろう。

あらためてオヤジの嗅覚に拍手を送りたくなった。

かつて名刑事と呼ばれていた荒川源太郎は、だれよりも早く梅宮議員への捜査に手を染めていたようだ。

そうでなきゃ、わざわざトイレットペーパーを俺によこしてはこない。どうやら二人の間には、昔から深い因縁があるようだ。警視庁を辞めたのは子育てを優先したのではなく、大物政治家に逆らって上層部から詰め腹を切らされたからかもしれない。

「……そうか」

不忍通りにさしかかった俺は思わず声をだした。

明智先生が実地試験として『S字坂の殺人事件』をとりあげたのは、政治がらみだったのではないだろうか。初めは地元の人身事故だと思っていたが、この案件はずっと根が深くてスケールもデカいようだ。

いったん立ち消えになった警察の捜査は、探偵科の生徒たちが現地調査にのりだしたことで再燃した。オバマ政権下で活躍した明智先生のターゲットは、どうやら梅宮法務大臣だと思われる。

大物の裏面を探るのはブラックハッカーの領域だ。共同捜査をしている剣崎亮に、俺は歩きスマホで電話連絡した。

「こっちは進展があった。梅宮法務大臣の身辺調査をたのむよ。彼の自宅はS字坂を下った車道のどんづまりにある」

「五秒くれ。……ヒット！　いま調べたら、たしかに梅宮の住所は谷中九丁目だ」

「あんたなら法務大臣のセキュリティーを破るぐらいのことはできるだろ」

「できるけど、それがバレたら今度は刑務所行きだ。君は未成年だから少年院送りですむだろうが」

「権力に立ち向かうってのがハッカーの根っ子じゃないのか。梅宮議員の行動を調べてくれ。二年前の四月十三日を重点的にね。もし彼の自家用車がシルバーのベンツなら、S字坂の人身事故にはヤツがからんでる」

「命知らずの君と組んだからにはとことん行くぜ。よしっ、見つけた」

剣崎の声が上ずっている。

横断歩道を渡りながら、スマホ片手の俺は相手をせかした。

「早く教えてくれ。彼の自家用車は、それに当日のアリバイは」

「車種は国産車でアリバイもちゃんとある。四月十三日の夜は赤坂の料亭で九時過ぎまで総理と懇談。そのことは総理日誌として翌朝の新聞にも記載されてる。ひき逃げ事件が起こった時刻も夜九時過ぎだしね」

「くっそー、アリバイは完ぺきだな」

「いや、完ぺきすぎる。表に出てるのは政治家にとって都合のよいことばかりだ。ひょっとすると後づけのアリバイかもしれない。もっと深掘りしてみるよ」

「たのむぜ、相棒」

「相棒か、言葉のひびきが良いね」

「本気にするな。ふっと口にでたんだ」

俺が照れぎみに言うと、剣崎が笑声をまじえて切り返してきた。

「夕方にもう一度こちらから連絡を入れるよ。待ってな、相棒」

通話は向こうから切られた。

俺は一人でいるのが好きだ。言いかえれば周囲の男らに嫌われている。女たちは別だ。

保育園にあずけられていたころから、なぜか可愛い女の子がすり寄ってきた。なので、よけいに男子に目のカタキにされた。

事情はちがうが、美形の剣崎も男友達がいなかったはずだ。

モテる男は例外なく性格が悪い。俺も剣崎も相手への思いやりがなく、スタンドプレイに走りがちだ。その二人が相棒だなんて、モテない連中にとっては最悪のシチュエーションにちがいない。

坂道を上り下りしたので小腹がすいた。それにもう昼時だ。不忍通りをワンブロックほど進み、アメリカ大使館御用達《ごようたし》といわれる【根津のタイ焼き】を三個ほど買いこんだ。

歩きスマホから歩き食いに切りかえ、俺はS字坂へとひき返した。

焼きたての粉物は例外なくうまい。たこ焼き、お好み焼き、ピッザにクレープ。なんでもござれだ。とくに地元の根津のタイ焼きは、カラッと焼けた薄皮に粒餡《つぶあん》の甘みが溶けこんでいてたまらない。

二個食い終わったところで、会いたくもない男と出くわした。

「乱歩、やはりここにいたのか」

同級生の平林幸助がおぼつかない足どりでS字坂を下ってきた。度の強いメガネが春の日差しをキラキラと照り返している。

「ヒラリン、おまえこそ何やってンだよ」

「午後の探偵科の授業は現地調査と決まってる。剣崎なんか午前中から抜け駆けして調べ上げ、さっき『S字坂の殺人事件』の重要レポートを提出したよ。目新しい発見があったらしくて明智先生にほめられてた」

「チッ、やられちまった」

俺は軽く舌打ちした。

したたかなハッカー野郎は、俺との共同捜査をさっそくレポートにして点数を稼いだらしい。

とおりいっぺんな他の生徒たちの記述とちがい、谷根千界隈の地理に目配りしたレポートは担当教諭の目をひいたことだろう。

別に怒ってるわけじゃない。生来ブラックハッカーは、自分が探りだしたレアな情報をまきちらすのが生きがいなのだ。彼がどんな抜け駆けをしようと、俺は共同捜査を続行するつもりだった。

ヒラリンが伏し目になった。

「たしかに剣崎の着眼は見事だよ。文京区のD坂とS字坂は抜け道でつながっていて、さらにその道が台東区へのびてるなんて知らなかった。推理小説マニアのアガサなんか、先をこされてすっかりしょげかえってた」

「だろうな。彼女は究極の負けず嫌いだし」

「ぼくだって悔しいよ。ＩＱだけみれば剣崎や君は下位だけど、現場に立つと二人はすごく有能だ。優等生のぼくなんかミソッカスだよ」

「おまえはこの道の初心者だろ、すぐに追いつけるさ。それからＡ子は、いや町山桜子さんは登校してたかい」

「今日、自主退学したよ」

「なんだって！」

また声がひっくりかえった。

入学したばかりなのに、本日退学だなんて！

Ａ子のやることはまったく破天荒《はてんこう》だ。和製ディープ・スロートの謎めいた言動に、俺はずっとふりまわされっぱなしだった。

クセ者のヒラリンが試すように言った。

「その様子だと、どうやら桜子の正体を知らないようだね」

「どうゆう意味だよ」

「町山桜子は、私立谷根千高校の所有者なんだよ。つまり土地建物はすべて彼女の名義になってる。ぼくにも少しは調査能力があるからね。ちがう方向から新設校の成り立ちを検索していったら、元侯爵家の『高杉霧子』という名に行き着いた。名前のちがうこの二人は、まぎれもなく同一人物だろ」

「そうだけど……」

押されぎみの俺は口ごもった。

初対面の時、その冴えない風貌を見てヒラリンを過小評価してしまった。だが、彼もまた優秀な頭脳を有する天才少年なのだ。俗念にとらわれず切り替えが早い。俺が見過ごしてきた事柄に目をつけて、一気に母校の歴程をあぶりだした。

たしかに、この本郷台地の一部は高杉家の所有地だった。

そして谷根千高校は、D坂上にあった洋裁学校の建物を改装して使っているのだ。ヒラリンはそこに目をつけ、洋裁学校の創設者たる高杉侯爵の名を見つけだしたのだろう。系譜をたどれば易々《やすやす》と末裔《まつえい》の高杉霧子にまでたどりつける。

女校長・明智典子の不可解な態度も、今となれば理解できる。

俺にとってのA子が、特別あつかいなのは当然だ。たとえ十六歳の小娘でも、高杉家の孫は谷根千高校の最高実力者といえるだろう。聡明なアガサがどんなに対抗しても、無敵のA子には歯が立たない。

結果だけみれば、俺自身もストーカーのA子の牙城《がじょう》へ誘いこまれたとも言える。

先日、巣鴨駅前で怪しげな三流占い師に呼びとめられ、「あなたは女で身を滅ぼす」とご託宣された。

俺に異存はない。

たとえ身を滅ぼしても、相手が侯爵家令嬢なら男として本望だ。

第四章　《怪人二十面相》

もう学校へ行く意味がない。

探偵業は実践の中で身についていく。すでに俺は団子坂探偵局の一員だし、いまさら授業で習うべきことなんか何もなかった。それにA子がやめた谷根千高校は香辛料の入っていないカレーみたいなもの。ピリッとしないし、リピートする気持ちも失せてしまう。学業なんかどうでもいい。一刻も早くオヤジを留置所から出してやりたかった。俺はそのことに専念すると決めた。

このままいけば、みずから被疑者となったオヤジは本日の午後に検察へ送られてしまうだろう。担当弁護士の竹爺が色々と手を尽くしてくれているが、不起訴となる可能性はきわめて低かった。

俺は退学届を制服の内ポケットに秘めて登校した。

谷根千高校の門をくぐるのもこれが最後だ。そう思うと、なぜか元洋裁学校の古めかしい建物が身近なものに感じられた。

一階にある校長室へ直行すると、扉の前で明智先生と出くわした。さすがに用件を切り出しにくい。

伏し目のまま、俺は弱々しく退学届をさしだした。

「あのぅ、これを……」

封書をチラリと見た鉄仮面が表情を変えずに言った。

「廊下で退学届を受けとるわけにはいかないでしょ。とにかく中へ」

扉が開かれ、明智先生に付いて校長室へと入った。

一瞬、俺は両目をしばたたく。

まるで夢見る少女の個室のように椅子も机も壁もピンク一色だった。その上、前髪パッツンのこけし人形が窓枠にずらりと並べられていた。

女校長は完全に病《や》んでいる。

俺はそう感じとった。華麗なキャリアを積み重ねてきているが、明智先生はとんでもない闇を抱えこんでいた。

ピンクの椅子にすわった二人は、ピンクの机をはさんで対峙した。

「先に言っとくけど、オレの気持ちは変わらないスよ。これ以上迷惑をかけたくないので、退学届を受理してください」

「乱歩、早まらないで。私は何ひとつあなたから迷惑をこうむっていない。それに親御さんの承諾も得ていないし」

明智先生はいつだって冷静だ。

瞳の奥にはプラネタリュウムみたいに無数の光が点滅していた。一つ一つの光源にはさまざまな学識が宿っているようだ。

いつも真っ向勝負の俺だが、知的な女校長の前では弱気になってしまう。

「でも、このままってわけにはいかないっしょ。わが家で古椅子の中から死体が発見され、それを持ちかえったオヤジが拘留されてる。それだけじゃなく、オレまで容疑者リストにのってるらしいので」

「その口ぶりだと、まだお昼のテレビ報道を知らないみたいね」

「気分が悪くなるので観てないよ。何かあったんスか」

「あなたのお父さんは、つい先ほど嫌疑不十分で釈放されたわよ。ライブのテレビニュースで流れたからまちがいないわ」

「だとすれば……」

「いまごろ御自宅にもどってるんじゃないかしら」

「すれちがいになったのか」

「つまりは元通りの状態にもどった。もう退学する理由はどこにもないわ」

「……とにかくよかった」

重圧から解放され、俺はいっぺんに気抜けしてしまった。

だが、そう簡単に楽にさせてはもらえない。提出した退学届が、俺の目の前でビリビリッと引き裂かれた。学校とはこれでおさらばだと思っていたが、あっさりと勉学の世界へ引きもどされた。

そこから担任教諭のこむずかしい個人授業が始まった。

「せっかく登校したのだから、復習がわりにD坂とS字坂の二件の事件についてプロファイリングしてみましょう。まずD坂をめぐる死体遺棄。一連の流れについては目撃者のアガサから聞き取ってるから、第一発見者のあなたの意見もまじえて進めていきます。最新情報によると『人間椅子』から転げ出てきた身元不明の死体は、文京区白山在住の松崎達也さんだと警察から発表がありました」

「そいつのことは知ってます。高杉家の元使用人で、孫娘に付きまとってた男です。解雇されたあと邸宅に忍びこみ、古椅子の中に長居しすぎて窒息死したとか」

「じつは昨日、その件について彼女から相談を受けたの。警察署へ行ってちゃんと説明責任を果たしなさいと忠告しました。彼女が担当刑事に洗いざらい話したので、高杉家と無関係の荒川源太郎さんは釈放されたのだと思いますよ」

「ちょっと待ってください。先生が言ってる〝彼女〟とは誰のことをさしてるンですか。高杉霧子なのか町山桜子なのか、それともオレがそう呼んでる名無しのA子なのか」

俺にとっては最大の疑問だった。選挙権もない十代なかばの女がいくつもの名前を使い分けているのだ。

サウスポーの野球少女。

探偵科の女子高生。

元侯爵家の御令嬢。

江戸川乱歩が描く『怪人二十面相』じゃあるまいし、そんなに多くの人物になりきれるヤツは犯罪者以外にいない。

そして、その謎をとけるのは探偵科の担任教諭だけだろう。

「いちばん適切なのは、あなたが使っている〝名無しのA子〟かも」

「はぐらかさないでくれよ。同級生のヒラリンの調査によると、高杉家の孫娘はこの谷根千高校の土地建物の所有者だろ。それで学校がわは特別待遇してる。入学も退学も思いのままだ。うちのオヤジが警察にしょっぴかれたのも、彼女が死体詰めの古椅子の搬出を、見当ちがいの団子坂探偵局に依頼したからなんだよ」

「乱歩、そこがまちがってる。一見破天荒に映る彼女の言動は、一本の赤い縦糸でつながっています」

「なんだよ、それ」

「胸に手をあて、しっかりと思い返してみて」

「一本の赤い糸だなんて、オレの頭じゃとても推察できねぇよ」

体育会系なのでこまかい認証作業は苦手だった。

プロファイリングは、アメリカの政府機関に身を置いていた明智典子の専門分野だ。さまざまな犯罪捜査において、その特徴を行動科学的に分析し、闇にひそむ真犯人をあぶりだすことは可能とされている。

しかし、明智先生の推論はあまりにも非科学的だった。

「運命の赤い糸。つまり彼女の言動は、すべてあなたへの愛に根ざしている」

鉄仮面の口から、まさか手アカまみれの【愛】なんて言葉が発せられるとは驚きだ。

俺は眉間に縦じわを刻んで言いつのった。

「そんなハッピーな理由づけなんて信じられっかよ。現にオレの地元で理由もわからず人が椅子の中で死んでたんだ。経済的援助とか言ってるけど、うちに運びこんだ『人間椅子』がA子の愛の証《あかし》だなんて馬鹿げてる」

「みんな自分の都合で動いてるの。それに愛ってものは昔から馬鹿げてるし、ハタ迷惑に決まってる」

「先生、少しはこっちの身にもなってくれよ」

「乱歩、恋愛模様は自分で解決しなさい。そんなことより、私の読みでは二年前に起こったS字坂の人身事故が多方面に影響をおよぼしています。たぶん今回の事件もそこから派生している。剣崎亮が提出したレポートでは、小学生をひき逃げした車の脱出路が谷中にあったとか。まるで自分の手柄みたいに記されていたけど、たぶん文京区から台東区への道順はあなたが先導したのね」

ほっとくと、このまま明智先生のペースにはまってしまう。

俺はスタート地点に基盤をもどした。

「一方的に話をそらさないでくれよ。いまオレが知りたいのは、名無しのA子が何者なのかってことなんだ」

「その答えをあなたは薄々《うすうす》読み解いてるんでしょ。人ってものは、自分が知ってることだけを質問しますからね」

まったくその通りだ。人は皆、本当に知らない重大事について相手に問いただすことなど絶対にしない。

　俺は苦笑しながら攻め口を変えた。

「そこは認める。でも、これだけは教えてくれ。なぜ真っ先にS字坂の交通事故を探偵科の授業に取り入れたのか」

「その質問も、ちゃんと答えを持ってるんでしょ。だからあなたが推理してみて。これは口頭試験も兼ねてるから」

「ズルいな。ま、いいや。オレのは推論というよりも直感だけど、先生が授業の中でとりあげた『S字坂の殺人事件』は、ひき逃げ事件の再捜査とかではなく、もしかすると巨悪への挑戦じゃないンですか」

「ほう、がぜんスケールアップしたわね」

「そして明智先生と名無しのA子はたぶん血縁関係にある。でなきゃ、あんなに親身にゃなれないし」

「50点」

　口頭試験を序盤でつまずいた。

　半分しか点数をとれなかったら、どこの学校でも赤点だろう。天性の直感だけでは難問は究明できない。

「二つのうち、どっちが外れてたんだろ」

「乱歩、あなたの読み筋は直線的ですばらしい。たしかに私の経歴をみれば一目瞭然《いちもくりようぜん》よね。政治的なことに興味を抱いていると。巨悪とは、すなわち権力者。平和ボケした今の日本にスパイ組織は存在していない。だからアメリカのＦＢＩみたいな強固な防御システムを、私は独自に構築したいと思ってる」

「その第一歩が、この谷根千高校のおそまつな探偵科ってことですか」

「少なくとも数粒の種子はまけた。あとはどう育てるか」

「政府から新設校の認可が下りたってことは、先生自身も政界の権力者と結託してるってことだよな」

「敵の内懐《うちぶところ》へとびこまなければ敵は倒せないのよ。そのことはアメリカのダーティな大統領選で学んだ。残る一つはＡ子と私の血縁関係のことだけど着眼点は悪くない。でも、少し飛躍しすぎてる」

「深読みしすぎたかもな。生徒の中で町山桜子だけを〝さん付け〟で呼ぶのを不審に思ってたけど、もし近しい肉親だったら逆に呼び捨てにするよね」

「彼女の立場は、谷根千高校の大家さん。だから特別待遇。それだけのことよ。さて事件のプロファイリングにもどりますが……」

明智先生が手持ちの資料に目を移した。

その時、ポッケのスマホが小刻みに振動した。担当弁護士からの連絡だ。眼前の女校長にペコリと頭を下げ、俺はこらえきれず声を高めた。

「竹爺、今どこスか？　オヤジはどうしてます」

「心配いらない。マスコミをさけ、わたしと一緒に車で千葉の九十九里浜にむかっています。ほら、君も何度か魚釣りに来たちっぽけな海辺の別荘だよ。人の噂も七十五日。ほとぼりが冷めるまで、源太郎さんと二人で磯釣りでもしてるからね」

「あそこなら安心だ。なら、オレはどうすれば」

「ちゃんと学校へ通いなさい。そのうち源太郎さんも帰宅するだろうよ」

そこで通話はとぎれた。せっかちな竹爺は長話を好まない。要点だけをのべて、前へ前へと進んでいく。

やはり人権派弁護士は老獪《ろうかい》だ。

昨日、俺は切り札のボイスレコーダーを竹爺に手渡した。その中には捜査一課の刑事らの暴言が録音されていた。

坂本刑事の高圧的な口ぶりからして、見込み捜査は明らかだった。竹爺はすぐさま警察署にのりこんで直談判《じかだんぱん》したようだ。その上、高杉家の孫娘までが身元不明の死体について新たな証言をしたので、オヤジの容疑は晴れたのだろう。

だが、そうなれば警察の目は別方向へとむけられたはずだ。

「明智先生、うちのオヤジは安全な場所に移動したけど、これってヤバくないですか。椅子の中の死体が高杉家の元お抱え運転手だとわかれば……」

「第一容疑者は、死体入りの古椅子の搬出を依頼した孫娘となりますね」

「ですよね。彼女にはまとわりつく執拗なストーカーを罰する動機も機会もあるし」

「ええ。警察の動きを予測して、桜子さんは自主退学したのでしょう」

鉄仮面が冷徹に言い切った。

たしかにその線はあり得る。気丈な美少女が、しつっこく付きまとう松崎達也に鉄槌《てっつい》を下す場面が想起された。

俺は少しうろたえぎみに反論した。

「でも、すべては古椅子に身をひそめてた松崎達也本人の責任だよ」

「そうかしら。解剖結果は窒息死だけど、背面の空気孔を閉じた人物がいたのじゃないかな。それができるのは、いまのところ彼女しか見当たらない」

「いや、もう一人いる。長年高杉家に勤めている近藤という老執事です。彼は邸宅に常勤してるし、高杉家の治安をおびやかすストーカーを始末したとも考えられますよ。それに欧米のミステリー小説では、最終の大団円で名指しされる真犯人は、たいがい存在感の薄い執事と決まってる」

「0点。現実に人を殺すにしては、老執事の近藤さんはあまりにも動機が弱すぎる」

「だったら、祖母の高杉和江さんなら動機は鮮明だろ」

「ユニークな発想ね。40点。さ、話を続けて」

明智先生が身をのりだした。

何の裏付けもなく口からとびだした自分の言葉を、俺は必死にカバーした。

「可愛い孫娘を救うため、祖母が手を下したとしても不思議じゃない。それにあの古椅子は祖母の和江さんが使用していた。当人が椅子内に松崎が潜んでいることを察知し、空気孔をふさいだんじゃないかな」

「動機として成り立つけど、祖母には完全なアリバイがあります。松崎達也は腐敗臭によって発見された。少なくとも死後数日は経っている。でも和江さんはすでに箱根温泉にでかけています。その間に東京へ一時帰宅できることを加味しても、総合点は20点ね」

探偵科専任教諭の評点はからい。

ピンクの机をはさんだ口頭試験は赤点に終わった。

やたら胸奥が痛い。名無しのA子の身の上が心配になった。

気の強い娘には、いつだって男はひれ伏すしかない。美少女とくればなおさらだ。しかも恩義まで受けてしまった。嫌疑をかけられた俺たち父子を救うため、A子はみずから火中のクリをひろったのだ。

そのため、A子が怪事件の新たな容疑者として浮上した。単なる火傷《やけど》ですめばいいが、警察の捜査が進めば最悪の結果を招きかねなかった。

このままD坂の自宅へ帰れば、待ちかまえたマスコミの群狼に食い殺されてしまう。俺は学校の裏道をぬけ、逆方向の本郷通りへと進んだ。

背後で人の気配がする。

不規則で耳ざわりな靴音。おそまつな尾行からして相手はアマチュアにちがいない。俺は余裕ありげにゆっくりとふりむいた。

「おっと……」

マスコミ関係者だと思っていたが、追尾してきたのは探偵科の同級生だった。

アガサの青い瞳が俺を直視している。

「乱歩、どこへ行こうとしてるの」

「こっちこそ訊きたいよ。授業をほっぽらかして、なぜ俺を尾けてるんだ」

「ちょうど昼休みだし、校舎の三階からあんたの姿が遠目に見えたの。うまく説明できないけど、気がついたら追っかけてた」

「まぁ、それならいいけどさ」

やはり悪い気はしない。俺は二枚目きどりで短い前髪をかきあげた。

これがバレンタインデーなら手作りチョコを渡される場面だろう。歩をとめた二人は間近で見つめあった。

「乱歩、言っておきたいことがあるんだけど……」

「この際だ、はっきり言ってくれたほうがオレも対処しやすいよ」

男子のうぬぼれは果てしない。元侯爵家令嬢のA子だけでなく、日英ハーフの金髪少女までが俺の発するフェロモンに魅せられたのだと思った。

だが、アガサが俺にさしだしたのは季節はずれの本命チョコではなかった。それは地味な生徒手帳だった。

「これを見てよ。谷根千高校の役員名簿に町山正一郎って名が載ってる」

「えっ、どうゆうこと。たしかに町山桜子と苗字は同じだけど」

「にぶいわね。あんたのように足で調べるだけじゃ、時間もかかるし客観的な推理はできない。パソコンにアクセスすれば、どんな人物もすぐに特定できる」

「オレの処理能力は小学生レベルなんだ。先に進んでくれ」

「町山正一郎は『町山ファンド』という投資会社のCEO。つまり最高経営責任者で、政財界の黒幕と呼ばれている人物なの。そして桜子は彼の一人娘。以前は父親の町山姓を名乗ってたけど、今は一緒に渡米した母親の高杉姓で通してるみたいね」

「チッ、家柄も財力もひとりじめってわけか」

思わず舌打ちをしてしまった。

こっちはその日暮らしの貧乏探偵のせがれだ。それに荒川家は元をただせば直参《じきさん》旗本の賊軍。官軍の高杉家との格差はひらくばかりだった。

A子は銀のスプーンどころか、でっかい二個のダイヤモンドを両手に握って生まれてきた。どうやら恵まれている者は、必要以上の強運が身にまとわりつくらしい。

だが、運にはかぎりがある。どれほど吉札がつづいても、いずれは凶札を引くことになる。怪しげな酔いどれ探偵が釈放されたことで、一転して警察の目は高杉家の孫娘へそそがれることになった。

そして、A子の疑惑を払拭できるのは……。

やはり俺しかいない。真犯人を突きとめ、あざやかに『人間椅子』の怪事件を解決してみせたら二人は同等の立場になれるだろう。

「どうしたの乱歩。変に考えこんじゃって」

「アスリートはみんな無口なんだよ」

「そうは見えないけど」

「こう見えても、谷根千界隈じゃ名の知れた少年野球のエースピッチャーだった。肩をこわす前は都内の野球名門校から声をかけられてたし」

「どこが無口なの、しゃべりすぎよ。いまのあんたはさえない帰宅部でしょ」

痛いところを突かれ、俺はがっくりとうなだれた。

入学直後にさまざまな部活に誘われた。だが、何ひとつ肌に合うものはなかった。すべてが女性専用の集まりなのだ。茶道部は正座が苦手。華道部は花の名を知らない。手芸部は手先がとことん不器用だった。

運動部も女子に限られている。バレー、バスケット、バドミントンなど、なぜかとっぱなに『バ』がつくものばかり。いかつい男子がまぎれこむわけにはいかない。それに野球ばかりやってきたので他のスポーツに興味が抱けなかった。

退学届は鉄仮面に引きちぎられた。

また明日から女だらけの谷根千高校へ通学しなければならない。しかも校舎にA子の姿はないのだ。そう思うと苦い胃液がジワジワとこみあげてくる。

何を思ったか、アガサが急に間合いをつめてきた。

路地の壁ぎわにいた俺は不意をつかれ、一瞬で金縛り状態におちいった。甘ずっぱい女の匂いが濃密になる。

来たーっ、これが噂の〝壁ドン〟なのか。ただし男女の立場は逆だけど。

片手を壁に突かず、アガサがさらりと言った。

「乱歩、あんたに桜子は似合わない。やめときなさい」

ただの警告だった。

俺はからくも言い返す。

「わかってるさ。それより距離が近すぎる」

「そうね。おかげであんたの唇が肉厚だってわかった」

「からかってンのか」

「案外、本気かも」

ハーフの少女は早めに大人になるという。彼女いない歴16年の俺には刺激が強すぎる。

子供のころから猛練習に明け暮れ、同年代の女生徒に目をむけるヒマもなかった。

野球少年は恋愛禁止が原則だ。それに鬼コーチの言《げん》によれば、可愛い女子と交際すると投手の球速はガタ落ちで三割減とか。けれども投げこみオーバーで肩をこわしたので、禁欲生活は結局なんの役にも立たなかったことになる。

野球をやめたからといって自由に羽をのばす気にはなれない。俺には心に誓った少女が別にいる。

俺はどうにか平常心をとりもどした。

「オヤジがらみの件で調査が残ってるんだ。では、また明日」

「なに言ってるのよ、あんたは探偵科のリーダーでしょ。私も一緒に行動するわ。午後から課題の『S字坂の殺人事件』を二人で再調査しましょう。くわせ者の剣崎くんは、うまく地元出身のあんたを使ってレポートを作成したようだし」

「なるほど、点数稼ぎか」

「レポートの手助けをしてくれるならランチをおごるからさ。千円以内で」

「よっし、それで手を打とう」

白山駅近くになじみの蕎麦屋《そばや》がある。ちょうど小腹もへってるし、アガサの財布で昼飯をすまそうと思った。

昔から俺は、異性への憧れは濃密なくせに探求心が薄い。同行者のアガサについても、深く詮索《せんさく》したことがなかった。同級の男子生徒らは一様に彼女を崇《あが》めている。だが俺は、女王アガサを小生意気な女子高校生としてあつかってきた。

　これでは探偵助手として、いや男としても失格だ。

壁ドンの効果はたしかにあるようだ。アガサに肉薄されたことで、俺の心の隙間にもう一人の少女がスルリと忍びこんできた。

白山への道すがら、さりげなく問いかけた。

「アガサ、どこから通ってる。ご両親は健在なのかい。好きな映画は……」

「何よ、それ。いきなり三連発の質問攻めって」

「すまん。妙にあせっちゃって」

「背が高いので男っぽく見えるけど、乱歩って女性経験ゼロのチェリーなんだね」

女王アガサに断定されてしまった。

図星だった。スタートでフライングしてしまった。二度目の失敗はゆるされない。俺は口をつぐんで歩を速めた。

するとゝ同行のアガサが簡潔に俺の質問をこなしていった。

「最寄《もより》駅は南北線の六本木一丁目。父は英国大使館員で、母はジャズピアニスト。好きな映画はローマの休日。さ、これで私の何がわかった？」

「オレはさえないダンゴ虫で、君が優美なアゲハ蝶ってことぐらいかな」

「ダンゴ虫って指で突っつくと、チョンと丸まって可愛いわよね」

揚げ足をとられたみたいで笑えなかった。

アガサもまたセレブ階級のお嬢様なのだ。どんなにこちらが突っ張っても、最後には指先で軽くあしらわれ、身体を丸めて縮《ちぢ》こまるしかない。

その瞬間《とき》、俺と同じ階層にいた中年男の悲哀に思い至った。

怪しげな『人間椅子』と化した松崎達也。元侯爵家令嬢に横恋慕《よこれんぼ》した彼は、潜んでいた椅子内で息絶えた。いまのところ過失死か他殺なのかはわからない。一つだけはっきりしているのはA子がらみだということだけだ。

先ほど明智先生から聞いた話だと、亡くなった松崎の現住所は近場の白山。区域がせまいので、電話番号を調べれば彼の自宅はわかるはずだ。

歩道に立ちどまった俺は、ケータイで104をプッシュした。

「何してんのよ、乱歩」

「昼飯前の一仕事さ。気にすンな」

同行のアガサを軽くあしらい、応対にでた交換手から『文京区白山・松崎達也』の固定電話番号をゲットした。

すぐさま番号をコール。そして待つ間もなくつながった。

俺は年長者めいたしぶい作り声で言った。

「松崎様のお宅ですね。おとりこみの中、申しわけありません。私は生前に達也さんと親しくさせてもらっていた荒川です。さしつかえなければ、ご住所と葬儀の日取りなどをお教えくださいませんか。参列したいので……」

「お申し出はありがたいのですが、家族だけで密葬したいと思っております。ご存じのように、亡くなった兄が世間をお騒がせしたので」

「了解いたしました。では一つだけ訊かせてください、達也さんが住みこみで働いていたお宅はどちらでしたっけ。彼から借りている書籍などを返送したいので」

「うちの兄は高杉和江様のご紹介により、台東区谷中九丁目の梅宮大吉先生のところで運転手をしていました。ほら、あの法務大臣の」

これで裏がとれた。やはり松崎達也は梅宮家に勤めていたのだ。

「……よく存じております。それと達也さんが運転なさってたのは、たしかシルバーのベンツでしたよね」

ここが勝負時だ。話を誘導して最重要な車種を詰めた。するとオウム返しに待ち望んだ言葉がもどってきた。

「ええ、銀色のベンツです。梅宮先生は庶民政治家として名が広まっているので、名義人は松崎達也となってました。でも最近は国産車を使用されてるようですね」

　ケータイをｏｆｆにしたが、胸の鼓動は激しく波打っている。

　通話一本でとんでもない事実が明らかになった。闇の奥に隠れていた巨悪は、どうやら日本国の治安をあずかる閣僚らしい。今の時点でどちらが運転していたかはわからないが、田辺守くんをひき殺したのはシルバーのベンツにちがいなかった。

　S字坂のひき逃げ事件で警察の捜査がおよび腰なのは、上からの圧力に屈したからかもしれない。

　それに高杉家のお抱え運転手だった松崎達也は、ハレンチ行為で解雇されたとばかり思っていた。だが追放されたのではなく、ちゃんと高杉和江の推薦状を手にして梅宮家へと移籍したようだ。つまり高杉家と梅宮家は裏で密接につながっているのだ。

　そばのアガサが疑わしそうに言った。

「乱歩、何か新たな証拠をつかんだのね。私に隠すなんてフェアーじゃないわ」

　俺はポーカーフェイスでこたえた。

「腹もへってねぇし、ここで現地解散だ」

「ひどい。こんな仕打ちをされたのは生まれて初めて」

「そうかい。オレと付き合ってると、これから何度でも起こる」

「金輪際《こんりんざい》、あんたみたいなクズとは口をきかない」

「それが正解だ。あばよ」

その場にアガサを置き去りにして、俺は本郷台地を一気に駆け下りていった。


樋口一葉《ひぐちいちよう》の旧居は、陽の差さない本郷の坂下にある。

その近辺に級友の剣崎亮は下宿していた。薄幸な女流作家が生涯をとじた路地裏は、ブラックハッカーの住処《すみか》としてふさわしい場所だ。谷根千高校まで徒歩十分で通えるし、なによりも下宿代が安価だった。

俺は剣崎にメールを送り、一葉ゆかりの古井戸の前で待ち合わせることにした。

アガサとちがい、ヤツとは共同戦線を張っている。天才ハッカーと組めば、標的の深部にまで触手がのばせてなにかと便利だった。たとえ相手が大物政治家でも、少年院上がりのアウトローなら気おくれすることはないだろう。

スマホの格闘ゲームで時間をつぶしていると、路地奥の石階段から痩身の男がちんたらと降りてきた。

「おい、少しは急げよ。三十分も待たされた」

「昼からは課外授業だけど、アガサにマークされちまって身動きがとれなかったンだ。君のことをクソミソに言ってたよ。礼儀知らずで最低の男だとかなんとか。乱歩、彼女と何かあったのか」

「ランチの誘いをことわった。それだけのことさ」

「突っ張ってンな。そんな所でコンビニの冷たいおにぎりを食いながら。ま、俺も下宿のおばさんが作ってくれるマズい晩飯が唯一の栄養補給源だけど」

塩にぎりを食い終わった俺は、スマホをポッケに押しこんだ。

「貧乏学生同士がなぐさめ合ってもしかたないだろ。剣崎、オレとあんたは同レベルのはみ出し者だ。ちょっと手を貸してくれないか」

「なんだ、そのことか。谷中九丁目の住民たちについての身辺調査は、昨日まとめてメール添付で送ったろ」

「完ぺきな調査書だった。ハッカーを絶対に敵にまわせないと実感したよ」

「高級住宅街なので大型車のベンツを持ってるヤツは七人もいた。車体の色まではわかっちゃいない。シルバーにしぼって一軒ずつ足で調べていったら、捜し当てるのは相当の日数をついやすよ」

「ヘヘン、心配ご無用さ。ちゃんと車の持ち主を見つけだした」

鼻を鳴らし、俺は得意げに言った。

同盟を結んだ剣崎がハイタッチを求めてきた。

「やはりプロの探偵はすげぇな」

「まだ探偵助手だよ。いいか、いまから話すことを課題のレポートで提出しちゃダメだぞ。難事件を男二人で一気に解決しちまおう。あんたがハッキングで裏情報を収集し、オレが自分の足で現場をきっちりと押さえる」

「見当はついてるけど、早く容疑者の名を教えてくれ」

「谷中九丁目在住の梅宮大吉」

「やっぱそうだったのか。狙うターゲットが法務大臣だなんてヤバすぎるだろ。それにぼくが調べたかぎりでは、梅宮の自家用車は国産車のカローラだ」

戸惑う剣崎をよそに、俺は早口でたたみかけた。

「当然だろ。日本の政治家がベンツを乗りまわしてたら選挙民に背をむけられる。だから運転手の松崎達也を車の名義人にしてた。ちなみに松崎は高杉家の元使用人だ。ヤツは孫娘の桜子をつけまわし、結局は『人間椅子』の中で窒息死しちまった。そして、いまオレたちが必死になって追ってるのは松崎名義の自家用車だ」

「その証拠物件のシルバーのベンツさえ見つけ出したら……」

「そう。『S字坂の殺人事件』は解決する」

「相棒、やったな」

「だけど、警察の捜査はまったく進んじゃいない。なにせ法務大臣に手錠をかけることになるンだから。それにほかにも理由がある。梅宮家へ至る私道は閉ざされて児童公園に変わってる。つまり事故車のベンツは煙みたいに消えちまってるんだ」

「まかせろ。次はぼくが『消えたベンツの謎』を解いてやる」

天才ハッカーが自信ありげに言った。

相棒というキーワードで、俺たち二人の仲は急速に緊密になった。剣崎なら法の網目をくぐり、キータッチ一つで権力がわの裏面をあばける。

だが、その前に身に迫る危難をふり払わなければならない。

黒服の男たちが、日陰の石階段から両肩をいからせて降りてきたのだ。おそろいの黒いサングラスが不気味だった。

迫力がちがう。どこから見てもヤクザ者だ。かれらは殺気に満ちていた。古井戸の前で大柄な三人組にとりかこまれ、俺と剣崎は首をすくめるばかりだった。

兄貴分めいた黒服がガニマタで近づいてきた。鼻脇の黒イボが気色悪かった。

「あんちゃん、あんまり先走ってると井戸の中に転げ落ちるぜ」

プロの脅し文句は百点満点だった。

真っ向勝負が持ち味の俺も足がすくんで動けない。

そばの剣崎は面相が真っ白になっている。しょせんブラックハッカーは内気なゲーマーだ。路上の争いごとではまったく役に立たない。へんに抵抗すると、二人とも古井戸へ叩きこまれそうだった。

俺は精一杯の愛想笑いを浮かべた。

「……ええっと、どちらさまでしょうか」

「つまらない詮索をやめろと言ってるんだ。わからねぇようだったら、きっちりとわかるようにしてやろうか」

「ここで手出しはできないっしょ。オレは地元の根津警察にマークされてるし、刑事たちにもずっと尾行されてる」

「読みが甘いな、あんちゃん。サツが後生大事に守ってるのは、一般人じゃなくて身内なんだよ。言ってみりゃ、俺たちは治安部隊さ。社会秩序を乱す連中に手荒なことをしたって見逃してもらえる。てめぇら二人は前科者とのぞき見野郎だ」

黒イボの兄貴分がせせら笑った。

俺は猛烈に腹が立った。野球の審判員が相手チームと結託しているようなものだ。アンフェアーだし、見逃すわけにはいかない。

エースピッチャーの負けじ魂に火がついた。

「暴力で社会秩序を乱してるのはあんたらだろ。たしかにオレと剣崎は未熟だけど、権力の手先になり下がっちゃいない」

「乱歩、やめろよ。ここは引き下がったほうがいい」

気弱な相棒が俺をなだめた。

昔からチームプレイは苦手だった。打たれようが、惨敗しようが、マウンド上の投手はピンチの時に投げこむのは直球だ。

「先に言っとくぞ。一発でもオレたちを殴ったら傷害罪で訴える。警察もグルというなら、こっちにも人権派の弁護士がついてる。きっとあんたらの雇い主にまで司直の手はおよぶだろう。それでもやるというなら、やってみろよ」

だが、俺の剛速球はヤクザ者にたやすく打ち返されてしまった。

「あんちゃん、カタギにしとくにゃ惜しいクソ度胸だな。お望みどおり顔面に一発どころか、二人まとめて暗い奈落の底へ突き落としてやる」

そう言って、そばの古井戸にちらりと目をむけた。

やはりケンカ慣れしたヤクザ者には歯が立たない。ただの脅しではなく、言葉の底に言い知れぬ凄みがあった。

相手は本気だ。それならこっちも対応策を変えなければならない。

するとそばの剣崎がニヤリと笑い、小声で言った。

「……おい、やっちまおうぜ」

「えっ、どうした剣崎」

「連中の脅迫場面はスマホの動画で撮った。あとはこっちから仕掛ける。先手必勝さ、3対2なら勝ち目はある」

「おもしれぇ。さすが戦略家のブラックハッカーだな」

「いくぜ、乱歩。おのりゃーッ！」

細身の剣崎は動きが速い。臆することなく兄貴分の黒服へ肉薄し、強烈な頭突《ずつ》きを一発カマした。

黒イボごと鼻っ柱を砕かれた中年男が、鼻血をだして仰向けざまに倒れた。早くも戦闘不能となり、2対2の対等の争いに持ちこんだ。

真っ先に敵のリーダーを倒すのが喧嘩の鉄則《こつ》だ。

それにルール無視の頭突きは接近戦では最高の武器となる。人間の頭は重いので、ヘタなパンチより数倍も破壊力がある。それらのことを知っている剣崎は、変幻自在のストリート・ファイターだった。

　弱いフリをして、味方の俺までも見事にだました。

　少年院上がりの美青年は悪の華。不良たちの坩堝《るつぼ》のなかで、〝喧嘩上等〟の心意気をたっぷりと吹きこまれていた。

　一方、強いフリをしていた黒服たちの足並みが乱れた。リーダーがやられ、残る二人は腰くだけになって後ずさる。どうやら本物のヤクザ者ではなく、金でやとわれた政治団体の関係者だったようだ。

　たった一撃で勝負はついた。深追いする気はない。俺は逃げ腰の黒服たちにやんわりと声をかけた。

「仰向けになってるから鼻血はとまるよ。さぁ、上司を連れていきな」

　二人の配下はこっくりとうなずいた。そして軽傷の上司に肩をかし、樋口一葉ゆかりの石階段をのろのろと上がっていった。

　俺がもう一度ハイタッチしようとすると、相棒の剣崎に軽くいなされた。

「まだ勝ったわけじゃない。乱歩、勝負はこれからだよ」

第五章　《少年探偵団》

生温かいA子の吐息が耳たぶにかかる。

添い寝した彼女が俺の頬をそっとなでる。なにかを訴えるようなまなざしが、とても切なかった。

うっすら意識の底で現実ではないと感じている。でも、よくできた淫夢なのでさめてほしくない。

しかし、やはり現実は非情だ。

「乱歩、起きろよ。昼からの特別授業が始まるぞ」

「あ、あわわ……」

教室の机に突っ伏していた俺は、セメントをいきなり背中に流しこまれたみたいに石化してしまった。間近にあったのは、貧相なメガネ野郎の顔面だった。

「午前中から寝ぼけてるなんて、とても探偵科のリーダーとは思えないぜ」

秀才の平林が突き放すように言った。

徹夜明けで登校した俺には、言い返す余力がなかった。

「……すまん、ヒラリン」

「ヒラバヤシだよ。よだれまでたらしてみっともねぇぞ」

「いけねぇ、しくじっちまった」

「女生徒たちがみんなこっちを見てる。しっかりしろ」

そう言われても全身がだるかった。いっこうに睡魔が去らない。視線が宙にさまよって焦点が合わせにくい。

昨晩、単身で張り込みをした。児童公園の遊具の陰に身を隠し、梅宮邸の様子を朝っぱらまで見張りつづけた。

だが、大物政治家のセキュリティーは万全だ。身辺警護のSPらが常駐する法務大臣の自宅では何事も起こらなかった。俺が得たものは疲労感だけだった。

そばのヒラリンが恩着せがましく言った。

「目つきが尋常じゃないな。オアシスに連れていってやる」

「オアシスって……」

「保健室だよ。白衣のスクールカウンセラーに診《み》てもらえば、たいがいの男子生徒は元気づく」

「わかった。まかせるよ」

俺は背をかがめて席から立ち上がった。

他の女子どもに冷やかされないよう、足音を忍ばせて教室の外に出る。なにせうちのオヤジは、昨日まで猟奇殺人犯としてあつかわれていた。嫌疑不十分で釈放されたが、いまもグレーゾーンだ。

息子の俺も同類として見られていることだろう。

昼休みなので、やはり廊下も女生徒たちであふれている。俺の顔を見るたびに見下した態度で背をむけた。

中にはすれちがいざまに、肩をぶつけてくるアッパレな女子もいる。

「めざわりなんだよ。探偵科の男子生徒なんて」

険相な女番長にガン見され、虚弱体質のヒラリンは速攻で頭をさげた。

「すみません、ナオミさん」

「あたいのこと、気安く名前で呼ぶンじゃないよ」

「はい。以後、気をつけます」

「そっちのデカいのはどうなのさ。不満そうな顔をしてるけど」

女番長ナオミのターゲットは、まぎれもなくこの俺だ。他の女生徒たちがいる前で、だれが当校の頭《アタマ》なのかを知らしめるつもりらしい。目つきがするどく、日焼けした浅黒い顔がとても精悍《せいかん》だった。

噂では不良娘たちを束ね、池袋でブイブイいわせているようだ。だけど歴史ある谷根千で荒事は通用しない。

そのことを彼女に教えてやることにした。

「相沢さん、たしか君の父親は露天商組合の会長さんだよね」

「よく知ってンな」

「オレはプロの探偵助手だしね。根津神社のお祭りで何度かお目にかかったことがある。いつも可愛い娘っ子がそばにいて、焼きソバを器用に作ってた。ソースの味付けが絶品でさ、毎年オレも買い食いしてた」

「……思いだしたよ。あン時の背の高いあんちゃんかい」

「入学式の時、こっちは一目見てわかったよ」

「うれしいこと言ってくれるね」

とがった視線がゆるみ、ナオミが近しい笑みをむけてきた。

露天商の娘と酔いどれ探偵の息子。そう、俺たちは同じアウトローだ。セレブ階級のA

子やアガサとちがい、同じ価値観を持って生きている。

「相沢《あいざわ》さん。学科はちがうけど、これからは仲良くやろうぜ」

「ナオミって呼んでいいよ。ただし、あんただけ」

「オレは乱歩。荒川乱歩」

「乱歩とナオミか。けっこう似合ってンじゃん。明日の土曜日から根津神社で夜店をだすから、あんたも顔をのぞかせてよ。じゃあ、またね」

配下の女生徒たちを引き連れ、女番長が上機嫌で校庭へと出ていった。

保健室へ歩を進めながらヒラリンが冗談っぽく言った。

「ちきしょうめ、良い女たちは君一人でぜんぶ持っていく。あとに残ってるのは、どうでもいい女生徒ばかり。どこまでモテれば気が済むンだよ」

「男も女も見た目の差だよ」

「それは禁句だぞ。あちこちでフェロモンをまき散らしやがって大迷惑だ。ま、アガサさんだけは君のことを嫌ってるから少しは安心だけど」

「アガサとヒラリンもけっこうお似合いだよ。秀才同士だし」

相手に花をもたせてやると、ひがみ男が目じりをさげた。

平林は開業医の息子だし、家庭も裕福だろう。大学入試の際、進路を医学部に切り替えれば医院を継ぐこともできる。白馬の騎士並みに奮闘すれば、女王アガサを射落とすことも不可能ではない。いや、絶対に無理だ。

気分をなおしたヒラリンが保健室の前で立ちどまった。

「ぼくの役目はここまで。男子生徒らの話によると、スクールカウンセラーはすっげぇ美人なんだって」

「関係ねぇよ、オレは硬派だし」

「どうかな、それは。男は例外なく軟派だよ」

バイバイと手をふり、メガネの秀才は背をむけた。

なんだか嫌な予感がする。なぜかというと、噂の〝オアシス〟のドアには、うさん臭い三つのルールが貼り出されていたからだ。
一、入室前には必ず排泄
二、入室前には必ず合い言葉
三、入室前には必ずノック
小便もたまっているし、合い言葉もわからない。でもノックくらいならできる。

軽くノックをすると、室内から女の声がした。

「合い言葉は？」

「やっぱそうくるか」

俺は小考した。ドアの周辺を見回したが、どこにも合い言葉のヒントらしいものはない。芸もなく、俺は住所と姓名を伝えた。

「……団子坂の荒川乱歩」

「正解。どうぞオアシスへ」

なにが符合したのかわからないが、やすやすと禁断の扉がひらいた。

背を丸めて室内に入った。広さは十畳ほどで、わけのわからない数式が書かれた黒板以外は白で統一されている。休息用の奥の小部屋はカーテンで仕切られ、小ぶりな革椅子に白衣の女性が笑顔ですわっていた。

スクールカウンセラーは細身の女だった。

やや吊り目で、両の瞳がこちらを注視している。そして黒タイツに覆われた長い両脚をサッと組みなおした。

「あなたが噂の荒川乱歩くんか。思った通り死んだ魚みたいな目をしてる」

「睡眠不足です。それより合い言葉はアレでよかったのかな」

「言葉を発すればなんでもいいのよ。あなたの心の中に秘められたキーワードを知りたかっただけ。住所の団子坂はアイデンティティ。名前の荒川乱歩は特別な個性」

「もう、診断は始まってるンですね」

「背は高いのに少し猫背。自分の居場所が見つけられないから、異性だらけの教室でちぢこまってる」

「初対面なのに、ちょっと言いすぎですよ」

「そこにすわって」

きれいな細長い指で白革のソファーをさした。

典型的な上から目線だ。やはり心理学をまなんだ年上女はあなどれない。俺は彼女の指令に従った。

「これでいいスか。先生の名前を聞かせてください」

「常勤カウンセラーの白坂真理恵《しらさかまりえ》。で、どうかしたの？」

甘ったるい声で問いかけてきた。生徒らの心身を緩和すべきスクールカウンセラーにしては色っぽすぎる。

硬派きどりの俺は、つっけんどんに言った。

「疲れてるので、ビタミン剤をくれませんか」

「ここは薬局じゃないのよ。生徒たちをメンタルケアするための場所。つまりはオアシス。でも女の子はみんな強いし、新しい環境での適応性を持っている。だけど男子生徒たちはデリケートで、よく保健室にやってくる」

その理由は、精神面ではなく肉体面にある。

よっぽど、「あんたがやたら色っぽいからだよ」と言ってやりたかった。でも俺は事務的な口調でスクールカウンセラーをせかした。

「薬をくれないのなら帰ります。そろそろ探偵科の授業が始まるので」

「カウンセリングは三分ですむ。あなたは自分の悩みの根源に気づいていない」

「思わせぶりだな。十秒経過」

「女性を受け入れられず、いつも男とつるんでる。突っ張ってるけど典型的なマザコン」

思いがけない痛打をあびた。ここは心のオアシスどころか、男子生徒のお仕置きの場だったらしい。

父子家庭に育った俺は、みずからファザコンだと公言していた。だが、その本質は母親に見捨てられた哀れなマザコン少年にちがいなかった。

これ以上、鋭敏なスクールカウンセラーに深掘りされるのはゴメンだ。

三分もたず、俺は席を立った。

「人の古傷に触れるンじゃねぇよ。こんな所にゃ二度とこない」

「いいえ、あなたはまた必ずやってくる」

美人カウンセラーが艶《つや》っぽい声音で断言した。

俺はそっと探偵科の教室へ入った。教卓で鉄仮面が差し棒をかざしている。伸縮自在なので、差された生徒らは凶器を突き付けられたような気分になる。

叱りつけられる前に自己申告した。

「明智先生、授業に遅れてすみませんでした。徹夜で張り込みをしていたので体調をくずしちまって、保健室へ行ってました」

「いいのよ、乱歩。あなたはプロだから。教室よりも現場で調べてるほうがスキルが身につくだろうし」

「『S字坂の殺人事件』のレポートは一週間後にまとめて提出します」

「期待してるわよ」

金属製の危険な差し棒は収縮されたままだった。

だが、女教師と男子生徒の親しげなやりとりをアガサが見過ごすわけがない。サッと挙手して正論をのべた。

「特待生だからといって、特別あつかいはよくないと思います。それに乱歩はいつも自分勝手な行動ばかりして協調性がまったくありません。女性への思いやりにも欠けていて、探偵科のリーダーとしての資質に欠けてます」

一から十までおっしゃるとおりだと思った。

俺はチームワークの苦手なワンマン投手だった。キャッチャーの出すサインには首を横にふり、味方の野手がエラーすると露骨にイヤな顔をする。少年野球チームを応援に来てくれている女子たちにも無視《シカト》を決めこんでいた。

例によって、女王アガサを奉じる男子生徒らが賛同の意を拍手であらわした。デブの大竹、薄毛の中村、チビの小島の大中小トリオは今日も健在だ。しかし、剣崎と平林は腕組みをしたままだった。

いつしか探偵科の勢力図は拮抗《きっこう》し、4対3にまでこぎつけたようだ。

心強い相棒の剣崎が、さっそくアガサにかみついた。

「アガサ、君こそ私情にとらわれてる。いくら乱歩に邪険にされたからって、敵意をむきだしにするのはみっともないよ」

「なによ、それ。まるで私が乱歩にフラれたみたいじゃないの」

「フラれる以前に、付き合ってもいないよね」

「二十歳のあなたこそみっともないわ。年下の乱歩と裏で協定を結んで、ひそかに危険な行動を起こそうとしてる」

「ご明察。ぼくらの狙いは、たぶん明智先生と同じだから」

剣崎が暗に女校長との共闘を匂わせた。

簡単にいえば子供じみた正義感。巨悪との戦いだ。権力を手にした連中は既得権益の中でつるんでいる。無謀な挑戦だが、そいつらを一掃したかった。

だが、鉄仮面に一瞬で切り捨てられた。

「狙いはすべて的外れよ。剣崎、あなたは生徒で私が指導者。その立ち位置は永遠に変わらない。では授業を続けましょう。二年前にS字坂でひき殺された小学生の三回忌が、昼過ぎから谷中の宣徳寺で執《と》り行われます。全員が参列し、幼くして亡くなった田辺守くんに花だけでもたむけてあげなさい」

「献花ですね。で、明智先生はどうするんスか」

何気なく俺が問いかけると、女校長がしれっとした顔つきでこたえた。

「私は参りません。予約した美容室にこれから行きますので」

探偵科の指導者は、俺以上に身勝手だった。

でも理にかなっている。

俺はそう思った。宣徳寺の三回忌は、被害者のご家族と会える絶好の機会だ。うまくいけば、事故当日の様子を肉親から聞き出せるかもしれない。

隣席のアガサが、またも小首をかしげて挙手した。

「日本の風習がまだよくわからないンですけど、亡くなって二年目なのになぜ三回忌と言うのでしょうか。私には理解できません」

「いい質問ですね。亡くなって三年後を三回忌と思ってる人が大勢いますが、仏式の法要は死んだ日を忌日とし、数えで二年後を三回忌としています。ほかに質問がないのなら、本日はここまで。宣徳寺へ行ったあとは現地解散ですが、リーダーには捜査続行の権限があるので、それに従ってください」

早めに授業をきりあげ、明智先生はさっさと退室した。

七人の生徒が教室に残された。それぞれの思惑を胸に黙りこんでいる。重ったるい雰囲気に耐えきれなくなったヒラリンが妥協案を示した。

「だれがリーダーにふさわしいか、じつはぼくにもよくわからない。でも、この谷根千界隈は乱歩のテリトリーだ。だから今日は谷中の宣徳寺まで彼に先導してもらおう。課題とされた『S字坂の殺人事件』が解決したあと、あらためて新リーダーを選出しようや」

「異議なし」

デブの大竹が賛同したので、トリオの中村と小島もうなずいた。女王アガサも、しぶしぶヒラリンの提案を受け入れた。

「いいわよ。ただし、リーダー選びは早めにしたほうがいい。私の読みでは、この事件は迷宮入りすると思うし」

アガサの言い分はもっともだ。

警察が威信をかけて二年も捜査している。でも、ひき逃げ犯はいまだに捕まっていない。探偵科の生徒らが乗り出したからといって『即解決』とはいかないだろう。

それに仲間割れしていてチームワークはゼロ。全員をまとめる力量なんて、単細胞の俺にはなかった。

非科学的なことを言うのが精一杯だった。

「とにかくみんなで宣徳寺へ行こう。もしかしたら、亡くなった少年の霊が事件解決のヒントをくれるかもしれないし」

「あきれたわ。ついにはユーレイ頼みだなんて」

アガサが鼻先で笑った。

いつだって彼女の論旨は正しい。すると霊とは最も縁遠いブラックハッカーが、俺と同じく非科学的なことをのべた。

「いや、被害者から直接訊くのがてっとり早くて正確だよ。たとえ亡くなっていても、田辺少年が語りかけてくるような気がする」

仲介役のヒラリンが吐息し、ついにサジを投げた。

「だめだ、こりゃ。二組に分かれて谷中へ行くしかない。乱歩、どうする？」

「そうだな。言ってみりゃオレたちは『少年探偵団』みたいなものだ。未熟なので、明智先生の指導に従うしかない。内輪もめなんかしてるヒマはないし、大事なのはひき逃げ犯を捕まえて被害者の無念を晴らすことだ。アガサ、そうは思わないか」

「そこは認める。いいわ、一緒に行きましょ。でも途中でフケないでよ」

しぶしぶ同意したが、女王様は最後に嫌味を付け足すことを忘れなかった。白山で置き去りにされたことがよほど悔しかったらしい。

探偵科の生徒だけが下校をゆるされた。それぞれが身支度を整え、校門前から縦一列になってD坂を下っていった。

もちろん、リーダーの俺が先頭だ。

アガサは最後尾にいて不機嫌そうな顔つきをしていた。

葉桜の季節の谷根千は最高だ。やわらかい春光につつまれ、芳しい若葉の匂いが路地裏にまで漂っている。

しばらくすると隊列が乱れ、大中小コンビも気軽にしゃべりだした。

いつもは三人一緒くたに扱ってきたが、かれらもまた個性ゆたかな連中だ。デブの大竹の脳ミソは、常時桃色に染まっているようだ。

「おれにはでっかい夢がある。世界をまたにかけ、そして各国の美女たちもまたにかけて風のように去っていく。多くの女性に愛と涙を分けあたえるのさ」

「夢がちっちぇ！」

エロ・ロマンチストの駄弁を、薄毛の中村がさえぎった。

すると、チビの小島が小声で自論をのべた。

「百人の女性と恋をするより、一人の美女を想いつづけるほうがいいよ。女だらけの谷根千高校へ入学して、そのことがはっきりとわかった。僕は青い瞳に弱いって」

「大島、それってアガサのことだろ」

ヒラリンが茶々を入れると、お定まりの切り返しがでた。

「小島だよッ。それに僕がはまってるのは洋画のヒロインだし」

陰気臭いひき逃げ事件を離れ、そこからはハリウッド女優の話で盛り上がった。

どの映画のヒロインが良いだの、ボディラインがたまらないだの、とりとめのない会話が延々と続いた。

みんなゆずれない好みを持っていた。

大竹は男まさりのキーラ・ナイトレイ。中村は知的なナタリー・ポートマン。小島は青い瞳のシャーシャ・ローナン押しだ。しかし、俺はまったく級友らの会話に入っていけない。途方に暮れるばかりだった。

少年野球の鬼コーチに、映画なんぞ観る時間があるなら腕立てふせをしろと言われてきた。それに横文字の名前で思い浮かぶのは、ラミレスやバースなど往年の助《すけ》っ人《と》外国人選手のみ。とりあえず、流れにまかせてうなずいていることにした。

小島がふいに俺に話をふってきた。

「ずっと黙ってるけど、乱歩はどうなんだよ？」

子供のころから野球ばかりやってきて、めったに映画館なんか行ったことがない。オヤジと一緒にテレビで野球観戦するのが唯一の娯楽だった。

「ええっと、好きなのは白雪姫かな。挿入歌もちゃんと憶えてる。『いつか私の王子様が来るでしょう。いつか私は愛を見つけるつもりです』ってね」

「いいかげんにしろよ、お子ちゃまじゃないんだぜ。それってアニメのヒロインだろ。ぼくが訊いてるのは生身の女優」

しかたなく、深夜テレビの再放送で観たヒロインの名をあげた。

「……ええっと、『プリティ・リーグ』っていう野球映画に出てた、たしかマドンナという若い女優さんが好みだよ」

「いつの話をしてンだよ。『プリティ・リーグ』は君が生まれるずっと前に製作されてる。全米女子野球リーグの実話で、女性差別への挑戦がテーマだ」

「知らなかった。なら、可愛い女子野球選手を演じてたマドンナは……」

　すると、クールな剣崎が苦笑した。

「クッフフ、歌手のマドンナはもう六十歳だよ」

　アガサをのぞき、他の級友らも笑声をもらした。俺の大暴投によって、はからずも少年探偵団のチームワークが整いはじめた。

　これが『怪我《けが》の功名』というものらしい。

　探偵科のリーダーとして、俺は青臭い決意をのべた。

「よしッ、青空の下で誓おうぜ。オレたち七人は団結してなにかドでかいことをしてやろうじゃねぇか。まずはひき逃げ犯を捕まえ、下町の平和をとりもどすんだ」

　大中小コンビが呼応し、少年野球の試合前のようにオーッと掛け声をあげた。

　なにかドでかいこと。

　その響きは少年らを魅了する。体育会系の魔力みたいなものだ。目標が定まり、それまで反目していた三人組との距離はグッと縮まった。

これで逆に6対1。

クラスの勢力図は、一気に男社会に塗り替えられた。孤独な女王アガサは、俺たちと距離を置いて隊列の最後尾を伏し目がちに歩いていた。

やはり遺族への聞き取りはむずかしい。

宣徳寺での三回忌に参列したが、沈鬱《ちんうつ》な雰囲気の中で献花するのが精一杯だった。人の死はそれほどに重い。不運な死者が年少者だとなおさらだ。

収穫はゼロだった。だれも親御さんに声をかけることはできなかった。子供を亡くした父母の嘆きは深い。何年経とうと、悲しみの色が薄れることはない。

俺たちは、あらためて『事件解決』の決意をかためた。依怙地《いこじ》なアガサも、献花の後でみずからの姿勢を正した。

「私もこれからはリーダーに全面協力するわ。ご両親のやつれきった姿を見たら、心の底からひき逃げ犯がゆるせなくなってきたし」

もちろん俺にではなく、中立的立場のヒラリンにそう言っていた。

これで探偵科の全員がそろった。

谷中のヘビ道の曲がり角で、俺は歩を止めて言った。

「これはオレからの指令だ。従う必要はないから、それぞれで決めてくれ。ヘビ道は文京区と台東区の境界線なんだよ。つまりこの一帯が谷根千で、『S字坂の殺人事件』の根幹だと思う。だから、みんなで手分けして地道に聞きこみをしてまわろう。それが無念の死をとげた田辺守くんへの弔《とむら》いになるんじゃないかな」

　厳粛な法要のあとなので、さすがに反対する者はいなかった。

　サブリーダーに徹する気になったらしく、アガサが建設的な意見をのべた。

「いちばん効率的なのは、宣徳寺での法要をすませた人たちからの聞き取りよね。亡くなった田辺守くんとの思い出話のなかで、それとなく事件のあった二年前の四月十三日のことを語ってもらえば、警察が見落としていた急所があぶりだせるかも」

「それなら自然だし、相手も話しやすいね」

　俺は大きくうなずいた。

　才媛だけに着眼点がすばらしい。三回忌の参列者は故人とのつながりがあり、だれもが犯人逮捕を望んでいる。事件現場近くの住宅街を一軒一軒まわり、聞き取り調査するよりも協力が得られやすい。

　相棒の剣崎もアガサの提案にのった。

「よし、さっそく実行しよう。宣徳寺の参道はヘビ道とつながってるから、ご遺族に迷惑をかけないように、そこの角地で法要帰りの人たちを待ちうけようぜ」

俺も精一杯リーダーらしくふるまった。

「聞き取り役は五人で充分だろう。オレと剣崎は遊軍として事件現場をもう一度探索してみるよ。じゃあ、この地点はアガサ隊にまかせた。二組でそれぞれ情報収集し、週明けの月曜に学校で照らし合わそう」

「そうしましょう。乱歩、あなたとはしばらく休戦よ」

アガサの青い瞳は、けっして俺をゆるしてはいなかった。


文京区のシンボルは銀杏《いちょう》と躑躅《つつじ》に決まっている。

銀杏は言わずと知れた東京大学を示し、躑躅は根津神社をさしていた。そして四月になると赤門を進級した東大生たちがくぐり、近場の根津神社では恒例の『つつじまつり』が開催される。

つつじは花期が長い。野趣に富む色あざやかな花弁は、一ヵ月にわたって来園者を楽しませてくれる。人出のピークはゴールデン・ウィークなので、四月なかばの神社の境内はさほど混み合ってはいない。

俺と剣崎は本殿をさけ、例によって地域の小社にお参りした。

「おい、乱歩。なんど乙女稲荷に来れば気がすむんだよ」

「なんどでも。卑劣な犯人を捕まえるまで」

「神頼みや霊頼みも限界だ。法要に参列したが、亡くなった田辺少年の霊は何も教えてはくれなかったしさ」

「いや、献花したとき、ふっと思い出したことがある。二年前の同じ季節に、事件現場近くの根津神社では赤いつつじの花が咲き乱れていたと。きっと田辺少年の霊がオレにヒントをくれたんだ」

「えっ、つつじまつりが今回の事件と関わりがあるってのか」

相棒の剣崎が首をひねった。

天才ハッカーは、どうやら情緒的なことは苦手らしい。下町を彩《いろど》る区花の香り。それによってもたらされるひらめきとは無縁だった。

俺は、思わせぶりに言ってやった。

「事件当夜の目撃者は、警察の調書に載ってる以外にもいるってことだよ。その可能性は充分にある」

「ちくしょう、ますますわからねぇ」

「だったら、ここで二十分ほど待ってろよ。吉報を持って帰ってくっから」

俺は乙女稲荷裏の花園を横目に、せまい石段をゆっくりと降りていった。

毎年、四月の土日には多くの夜店が境内に立ちならぶ。金曜日になると、露天商らが夕方から明日のしたくを始める。

同じ高校に通う相沢ナオミは、露天商の組合長の娘だ。なので、いちばん参拝客の多い場所に出店できるらしい。

例年のように、彼女は大鳥居の真横に陣取っていた。

下町っ子の俺は、谷根千高校の女番長に気安く声をかけた。

「ナオミ、手伝いにきたよ」

「お、乱歩かい。気が早いね、夜店の前日にやってくるなんて」

「なんでも言いつけてくれ。力仕事ならできるから」

「自分の出店の場所にはちゃんと縄を張ったし、今日の仕事はこれで終わりだよ」

「なるほど。これが噂の縄張りってことか」

俺が感心したように言うと、ナオミが不服そうな表情になった。

「人聞きが悪いわね。まるでヤクザみたいじゃないの。あたいらはカタギの露天商なんだよ。こうして汗水たらして働いてるし」

「そうだよな。オレもオヤジの探偵業を手伝ってる」

機嫌をそこねてはいけない。

ナオミはだれよりも真っ当に生きている。他のお気楽な女生徒たちとちがい、親の稼業を助けているのだ。

つまり俺とナオミは同類なのだ。

「乱歩、よかったらこれから池袋《ブクロ》に足をのばして二人で遊ぼうか」

「すまん、五時からバイトがあるンだ。また今度な」

「それって見え見えのウソだよね。まぁいいや。探偵さん、本当の狙いは何なのさ」

意外に敏《さと》い。男の逃げ口上などお見通しだった。

俺はすなおにあやまった。

「本当にごめん。じつはさ、二年前の四月十三日に起こったS字坂の交通事故を調べてるんだ。今日が被害者の小学生の三回忌で、ついさっき法要にも参列してきた」

「……そうだったの」

ナオミの顔が急にくもった。事件について何か心当たりがあるらしい。

俺はさりげなく探りを入れた。

「事件当日はちょうど『つつじまつり』の期間だったし、もしかしたら君も二年前にこの根津神社で出店してたンじゃないかと思って」

「いたよ、この場所に」

「やはりそうだったのか」

「ひき逃げ事件のあった翌日、露天商の者たちは警察《サツ》に色々と訊かれた。あたいもね」

「で、なんと答えた」

「横柄《おうへい》な刑事だったので、なにも知らないと言ってやった。だって警察の取り締まりがきつくなって、夜九時には露天商は店じまいだし。根津神社裏のS字坂の交通事故なんて知りようがない」

ナオミの失言《ミス》を俺は見逃さなかった。

「ちょい待ち。ひき逃げ事件が夜九時過ぎに起こったことを、君はなぜ知ってたんだ」

「せっかちだね。今から刑事には言わなかったことを、探偵稼業のあんたにだけは伝えようとしてるンじゃないの」

「なら、君も目撃者の一人なんだね」

大当たりだ。神も仏もまともに信じちゃいないが、この時だけは霊魂の存在を肯定したくなった。

三回忌の日にナオミと急速に親しくなり、献花の匂いによって『つつじまつり』へといざなわれた。それもこれも亡き田辺少年の導きにちがいない。

女番長がしおらしいことを言った。

「あたいのガラじゃないけどさ。亡くなった小学生の月命日の十三日には、いつも事件現場に花をたむけてる」

「さっき見たけど、S字坂にたくさんの花束があったよ。地元の人たちも田辺守くんのことを忘れてないンだね」

「事件について、あたいがダンマリを決めこんでいたのは警察への嫌悪感だった。でも、それはまちがってた。知ってることはぜんぶ話すわ」

「助かるよ。で、どこまで知ってる？」

「じつは……あたいがひき逃げ事件の第一目撃者なの。警察へ通報したのもね」

「なんだって！」

思わず声がひっくりかえった。相沢ナオミは、俺が思っていた以上の重要人物だったのだ。

ふっと刑事くずれのオヤジの金言を思い出す。

『事件現場を目撃したら、そしらぬ顔で通りすぎるべきだ。警察に通報してはいけない。なぜなら真っ先に警察に疑われるのは、目撃者と通報者なのだから』

だれもナオミのことを責めることはできないと思う。

声をひそめ、大鳥居の脇でナオミがぽつりぽつりと語りだした。

「ちょうど二年前、あたいはこの場所にいた。夜九時になって、定刻どおり境内につるされた小提灯《ぼんぼり》も消え、参詣客や屋台店の仲間たちは先に帰ってしまった。後片づけをしてたら、すぐ近くのS字坂でドンッと何かがぶつかる音がしたの」

「それって……」

「ええ。あとで思えば小学生が車にはねられた瞬間だったのね」

「リアルだな」

「鳥居を抜けて坂道を見上げたら、急カーブのところで外車が止まってた。運転席から大柄な紳士が降りてきて、街灯の下であたりを見回してた。あたいは暗い場所にいたから、相手からは見えなかったみたい。でも、こっちからは相手がはっきりと見えたわ」

ナオミの言葉が核心を突いた。

俺は小躍《こおど》りしたい気分だった。なんと第一目撃者のナオミは、犯人の顔まで確認していたのだ。これでちゃんと裏がとれたら、三回忌の当日にひき逃げ犯を特定して逮捕にまでこぎつけられる。

あせった俺は詰問口調になってしまった。

「どんなヤツなんだよ。もしかしたら君の知ってる人物なのか」

「谷根千の住民ならだれでも知ってる大物よ。刃向かうのは怖すぎる。だから事故現場から犯人が逃げ去るまで声もだせなかった。そのあとS字坂の現場へ行ったら、被害者の少年が頭部から血を流してた。即死だったみたい。匿名だけどすぐに警察へ通報した。車種もちゃんと伝えた。シルバーのベンツだと」

「よくやった。君はえらいよ」

「でも、ひき逃げ犯の名前は言わなかった。目立つ外車だしさ、警察にまかせればすぐに捕まえてくれると思ったから……」

ナオミの声がしだいに弱まっていった。

無理もない。いつもオヤジが言ってるように、事件の目撃者と通報者はきわめて危険な立場なのだ。

ましてや相手が地元の大物ならば、どんな仕返しをうけるかわからない。現に事件を追っている俺も、樋口一葉ゆかりの井戸端でヤクザまがいの凶漢らに襲われた。あの時は腕の立つ剣崎が助力してくれたので、なんとか凌《しの》ぎきった。

それに悪党らを取り締まるべき警察も、善良な市民の味方だとはかぎらない。

逃走車がちゃんと特定されているのに、二年経っても『S字坂の殺人事件』は未解決のままだった。その裏にはきっと腐った大人の社会というか、高級官僚がらみの忖度があるにちがいない。

高校生が太刀打ちできる相手ではない。でもアウトローの探偵助手と露天商の娘のコンビなら立ち向かえるはずだ。

俺は力強い声で言った。

「これ以上君が表に出る必要はないよ。あとの始末はオレがつけるから。卑劣なひき逃げ犯は国会議員の梅宮大吉だろ」

「えっ、知ってたの」

「いや、今の君の話しぶりでわかったんだ」

ナオミの証言を聞くまで、ベンツを運転していた人物が松崎達也なのか梅宮大吉なのかは特定できてはいなかった。

やはりお抱え運転手の松崎はダミーで、じっさいにハンドルを握っていたのは梅宮議員だった。彼は赤坂の料亭で総理と酒を酌《く》み交わしたあと交通事故を起こしたらしい。そして飲酒運転がばれるのを恐れ、現場から逃走したのだと思われる。

むごいひき逃げ事件に、ナオミを巻きこんではいけないと思った。

「この件はしばらく二人だけの秘密にしとこう。そのほうが安全だ」

「ありがとう、いろいろと気遣《きづか》ってくれて。じつはうちの父親が梅宮代議士の後援会に入ってるの。この稼業を続けるには、地元議員の後ろ盾が必要だし」

「わかるよ。とにかく君のことはオレが守る」

根津神社の大鳥居の下で、俺は胸をそらして大見得《おおみえ》を切った。


めぐる四季の中で、青葉の茂るころがいちばん好きだ。俺が生まれ育った谷根千には無数の寺社があって、塀の外まで常緑樹が枝先をのばしている。またどんな裏道にも植木鉢が並べられ、清冽《せいれつ》な芳香が立ちこめていた。

高層ビルが林立する大都心のなかで、これほど人と自然が調和を保っている地区はほかにないだろう。俺の地元愛は深まるばかりだった。

同行の剣崎が、Ｓ字坂の曲がり角でせっついた。

「乱歩、なんだかニヤけてるけどさ。吉報とやらを早く教えろよ」

「その前に、亡き田辺少年にここで両手を合わせよう」

「そうだな。ひき逃げ犯をつかまえるにはユーレイ君に導いてもらうしかないし」

花束で埋め尽くされた事件現場で、俺たち二人はしばし合掌した。

目撃者の証言を引き出せたのは、たしかに三回忌の日の奇蹟というほかはない。しかし、微妙な立場のナオミを前面に押し出すことは避けたかった。

事件が決着するまで匿名の立場にいるべきだ。彼女の父親は露天商らの元締めだし、仲間の生活を支える立場にある。お上《かみ》の指導で祭礼での出店が禁止されたら、それこそ全員が食いっぱぐれてしまう。

それほどに梅宮議員の影響力はつよい。たとえ彼が指示しなくても、下部組織の者たちは法務省トップの気持ちを推《お》しはかって動き出す。

そして今、事件にどっぷりとはまった俺は、その最強最悪の人物に真正面から立ち向かおうとしている。

その上、前科持ちの美青年を巻きこんでいいかどうか迷っていた。しょせん俺たちは高校生探偵だ。巨悪に戦いを挑むのは無謀すぎる。

察した剣崎が、ごくしぜんな口調で言った。

「おい、乱歩。単独行動は禁止だぞ。ぼくたちは相棒だろ」

「ありがとよ、これで話しやすくなった。じつは有力な目撃情報を得たんだ。二年前の事件当夜、田辺少年をベンツでひき殺した犯人の顔を見た者がいる。にらんでいたとおり、卑劣なひき逃げ犯は梅宮議員だった。でもな、情報提供者の名は明かせない」

「口は固いけどガードは甘いな」

「えっ、何のことだよ」

「このぼくが年下の君の指示に従って、じっとおとなしく乙女稲荷で待っていたとでも思ってるのかい」

「くっそー、やられちまった」

俺は天を仰いで慨嘆した。

性根の腐ったブラックハッカーが、ぼんやりと指をくわえて言いつけを守るわけがない。

こっそり俺のあとをつけ、大鳥居横の会話を盗み聞きしていたらしい。

そばの剣崎がさらりと言った。

「相沢ナオミは事件解決の切り札だ。最後まで手の内を隠しておこう」

「さすが相棒だな。オレの気持ちをわかってくれてる」

「で、今後の戦略は？」

「梅宮議員の牙城を外堀から埋めていく。まずは彼の鉄壁のアリバイ崩しだ。それができるのは剣崎亮という天才ハッカーだけ」

俺が持ち上げると、相棒が照れ笑いを浮かべた。

「ま、最善を尽くすよ。住民たちがたむけたこの花束に誓って」

「オレもけっしてマウンドから降りないぜ。どんなにめった打ちにあっても、最後には勝利をつかんでみせる」

「そう、荒川乱歩は谷根千高校のエースだしな」

剣崎が声高に言った。

天才ハッカーにエースピッチャー。こうして互いにほめ合ってると心地よい。どんなに前途は険しくとも、なんとかやり遂げられそうだ。

調子づいた俺は、あやふやな恋愛模様にも踏みこんでみようと思った。

「成果はあったし、今日はここで解散しよう。そっちもけっこう忙しいようだし」

「べつに隠してるわけじゃないよ。明智先生はすでに知ってるようだけど、夜は新宿歌舞伎町のラブホテルで掃除のバイトをしてる。二十歳だし、親の仕送りもなくてさ」

「苦学生ってわけか」

「時給千円のバイトだよ。その気になりゃ、キータッチひとつで何千万円稼げるけどね」

そう言って、剣崎が笑ってみせた。

こじゃれた外見とちがい、生き方は意外に不器用なのかもしれない。悪名高いブラックハッカーの本質は真摯《しんし》だった。

S字坂で相棒と別れ、俺はD坂へと至る裏道を速足で進んだ。いったん思いつめると歯止めがきかない。しだいに気持ちが高まり、ついには黄昏《たそがれ》の町並みを息せき切って走り出してしまった。

自主退学後、A子とは一度も会っていない。

相手からの連絡もなかった。

いつだって彼女は自由自在に出没する。目の前にあらわれると困惑するばかりだが、会えなくなるとなぜか切なくてたまらない。

これが初恋ってものなのか？

ピッチャーマウンド上では硬派の一匹オオカミをきどってきたが、どうやらその金看板を下ろす時がきたようだ。

夏目漱石の旧宅跡を通り抜けて千駄木の豪邸街に入った。

赤いレンガ塀の向こうから、パンッパンッと小気味よい音が聞こえてきた。俺にとっては何よりも懐かしいひびきだ。かなりの速球じゃないと、キャッチャーミットはこんなに乾いた破裂音を生まない。

外の気配を感じたのか、心地よい音がぴたりとやんだ。そして通りに面した鉄門が、例によってギシギシとひらきだした。

門口でミットを手にした老執事に出迎えられた。

「お待ちもうしておりました」

「あんたがキャッチボールの相手を……」

「ええ。私がお嬢様のコーチです。若いころは南海ホークスで杉浦忠《すぎうらただし》投手のブルペンキャッチャーをしてましたので」

「あの史上最強のアンダースロー！」

杉浦忠は伝説の名ピッチャーだ。

ミスタープロ野球と呼ばれる長嶋茂雄とは立教大学の同窓で、入団二年目にはなんと38勝4敗という驚異的な成績を残した。

人は見かけによらない。痩身の老人が、まさか元プロ野球選手だとは考えてもいなかった。しかもA子にアンダースローの投球術を仕込んだのは執事の近藤さんだった。

怪しげな老執事だと思いこんでいたことを申し訳なく思った。野球少年の俺にとって、彼は尊敬すべき大先達《だいせんだつ》なのだ。

「すみませんでした。これまでの態度をあらためます」

俺は深々《ふかぶか》と頭をさげた。

じっさいあやまってすむ問題じゃなかった。なにせ彼のことを『人間椅子』の怪事件の犯人あつかいしていたのだ。

どんな時でも老執事は慇懃《いんぎん》な姿勢をくずさなかった。

「荒川さま、どうぞ中へ」

さりげなくキャッチャーミットを手渡された。

誘《いざな》われるように高杉家の邸内へと歩を進めた。広い前庭には真紅の野球帽をかぶった少女が立っていた。町山桜子でも高杉霧子でもない。今日の彼女は、俺が最も心惹かれる野球少女のA子だった。

「よく似合ってるよ、その赤い野球帽。大リーグのロサンゼルス・エンゼルスのものだろ」

「ええ。エンゼルスに入団した大谷翔平選手も大活躍してるし、私も少しはあやかろうと思ってさ」

「君の助言をちゃんと守って、オレもランニングとシャドーピッチングは毎日欠かさずにやってる」

「じゃあ、その成果をここで見せてよ」

「なるほど、そういうことか」

あいかわらずの無茶ブリだ。執事の近藤さんからあずかったキャッチャーミットの役割りがやっとわかった。

俺は芝生にキャッチャーずわりしてミットをかまえた。

A子も野球帽をきっちりとかぶりなおす。それからしなやかなフォームで、アンダーハンドから切れのいい速球を投げこんできた。左腕が地上すれすれに回転した。スナップの利いた白球がきれいな曲線をえがいてズンッと浮き上がり、キャッチャーミットの真ん中に吸いこまれる。

パンッと小気味よい音がした。

「すごいな、前より球が速くなってる」

俺はすなおにほめて返球した。どうやら彼女は、元プロ野球選手だった執事の指導をうけて本格的なトレーニングを積んでいるようだ。

A子が顔をほころばせた。

「あんたこそすごいよ。前とちがって、すわったままでも返球できるじゃん」

「まぁね。そのうち右肩が治ったら、谷根千高校に野球部を創設するつもりだから」

「いいわよ。私から明智校長に進言してあげる」

「だよな。君はわが母校の所有者だからね。家柄も資産も特等だし、大人たちも娘っ子の君のわがままを何でも聞き入れる」

ミットをはずし、俺はちょっぴり皮肉っぽい口調になった。恋愛経験がないので、甘い恋のささやきどころか、話がちがう方向へいってしまった。

A子の顔からも笑みが消え、手にした白球をそのまま草地に転がした。

「どうかな、それは。今は殺人事件の容疑者になってるしさ、連日警察の取り調べをうけて渡米も止められてる」

「何しにアメリカへ……」

「だって母親がロサンゼルスのビバリーヒルズに住んでるし、私もそこのジュニア・ハイスクールに通ってた」

「あのビバリーヒルズ！」

A子の言動はいつもエキセントリックだ。まったく先が読めない。近づいてきた彼女が、またとんでもないことを言い放った。

「じつは私、全米女子プロ野球チームの育成選手になったの」

「えっ、訳わかんねぇ」

「今年の三月に『ロサンゼルス・ピーチズ』の入団テストを受けて合格した。半世紀ぶりに全米女子プロ野球が再開されるのよ。開幕は来年四月だけど、アメリカで契約もあるしさ、警察に足止めされてすっごくあせってる」

「待てよ、あせってるのはこっちだよ」

俺は軽いめまいをおぼえた。

こんな急展開ってあるのだろうか。

大富豪の跡取り娘はやりたい放題だった。途中入学してきたと思ったら、翌日には自主退学。しかもその理由は『人間椅子』の怪事件がらみではなく、全米女子プロ野球への挑戦だった。

貧乏人のせがれとはスケールがちがいすぎる。野球少女の彼女がなりたいものは、球界最高峰の全米女子プロ野球の選手だったのだ。そのまばゆいばかりの大志は、まさしくエンゼルスで活躍している大谷選手なみだ。

俺ときたら高校で野球ができないだけでイジけてる。生まれついての格差は埋めようがない。心中にめばえた淡い恋愛感情なんて、この際ドブに捨てちまおう。

そうと決まれば、容疑者A子への追及に遠慮はいらないだろう。態勢を立て直し、俺は核心に踏みこんだ。

「とにかく合格おめでとう。それはそれとして、一つだけはっきりしておきたいことがあるんだ。椅子の中で窒息死してた例のストーカーだけど」

「運転手の松崎達也のことね」

「君から聞いた話とちがって、彼は高杉家を解雇されたのではなく、ちゃんと紹介状をもらって梅宮家へ移ったようだね」

「私はあの男が大嫌いだからそんな風に言っただけ。松崎は性格はよくないけど、とても役に立つ男なの。大型免許を持っていて、トラックやショベルカーも運転できるし庭造りもできる。梅宮議員は改築好きだし、ちょうど自家用車の運転手を探してたらしいから、たぶんうちの祖母がトレードしたのだと思う」

話の筋道は通っているが、高杉家の祖母と梅宮議員の関係がはっきりしない。俺は疑問点を詰めていった。

「ひょっとしたら両家は何か深いつながりでもあるのかい」

「梅宮議員は、うちの祖母が育てたの」

「まさか親子ッ」

「ちがう。親子という意味じゃなく、後援者という立場でね。祖母は資金を提供して若手政治家の彼をずっと支えてきたの。その見返りとして、要職に就いた梅宮議員はD坂上の廃校を新設の私立高校として認可させ、莫大なお金が高杉家へ還元されたってわけ」

「梅宮議員の懐《ふところ》にも分け前が収まったってことだね」

「地元の建設業者や多くの関係者もね」

A子がなんでもなさそうに付け加えた。

事実は、あまりにも世俗まみれだった。世の中の有り余ったマネーは、庶民の手の届かない頭上で絶え間なく還流されつづけているのだ。そして一般人は、そのわずかなおこぼれで暮らしている。

もしかすると俺が戦いを挑んでいる『巨悪』とは、悪徳議員ではなく世間のことかもしれなかった。

育ちの良いA子には、みじんも罪の意識がなさそうだ。彼女の興味は地位や財産ではなく、若い自分の可能性にむけられている。

俺へのあふれる好意も理解できる。かつては少年野球のエースピッチャーだったので、憧憬されていたのだろう。

野球少女が好きなのは野球少年。

また野球少年が好きなのは野球少女。

それだけのことなのだ。探偵科の仲間との雑談のなかで、好みの女優はだれかと訊かれ、『プリティ・リーグに出演してたマドンナ』と答えたのも同じ心情からだ。

でも本当に好きなのは、アニメ映画で観た『白雪姫』だった。自分でもよく理解できないが、あの夢見るような挿入歌を耳にするたび、なぜか胸が切なくなってくる。もしかすると、そこに大切な何かが隠されているのかもしれない。

A子がいたずらっぽい声で言った。

「乱歩、ほかに訊きたいことは」

もちろんいっぱいある。

一連の事件とどこまでかかわっているのか。こんな状況下でも、まだ俺への気持ちは変わってないのか。複雑な思いが胸中で交錯した。

でも、口に出た言葉は子供じみていた。

「で、君はいったい何者?」

彼女の顔から笑みが消え、責めるようなまなざしで俺を見つめた。

「A子。そう、名無しのA子。いつになったら思い出してくれるの」

第六章　《屋根裏の散歩者》

昼休みのベルが鳴った。三十数人の女生徒たちが俺を石ころのように無視し、いっせいに教室から出ていった。『猟奇殺人犯の息子』というフェイクニュースを、まだ払拭しきれていないらしい。

勝手にしやがれ。

どうせ俺は羊の群れにまぎれこんだ一匹の間抜けなアナグマさ。いつも腹をへらし、何にでも首を突っこんで嗅ぎまわってる。めったに好物にありつけず成果も少ない。そして女だらけの谷根千高校において好感度はビリッケツだった。

午前中の一般授業の場ではずばぬけた劣等生。でも午後の探偵科では特待生のリーダーに変身できる。

いつも弁当を作ってくれていたオヤジは九十九里浜で静養中だ。所持金も少ないし、昼間は指でもしゃぶってるしかなかった。

足音高く、隣の教室から女番長のナオミがやって来た。いつもお天道《てんと》さまの下で働いているので浅黒い素肌が健康的だった。

「乱歩、何してンだよ。浮かない顔して」

「見てのとおりさ。腹をすかせて機嫌が悪い」

「よかったら、これでも食いなよ。あたいが作ったの」

ラップに包まれたでっかい握り飯を手渡された。先週金曜日のやりとりで、ナオミとはすっかりうちとけた。『君のことはオレが守る』という決めぜりふが、彼女のハートを射抜いたのかもしれない。

いまのところ校内で俺に好感情を抱いている異性はナオミだけ。けれども彼女はだれよりも力強くて頼りになる。

言ってみれば、相沢ナオミは巨悪を打ち倒す最後の切り札だった。

さっそく握り飯にかぶりつく。中身の塩ジャケがほろほろとあふれ出てきた。空腹と相まってたまらなくうまい。

「たまんねぇな、この握りかげん。やさしさがぎっしり詰まってる」

「でしょ。うちの父親も、おまえは良い女房になれると言ってるしね」

「残念だな。うちのオヤジは、おまえは家庭生活にむいてないと言ってるよ」

「はっはは、猿顔のくせに二枚目ぶってンじゃないよ」

笑い声もとびぬけて明るい。

庶民的だし、遠慮なしに話せて気楽に付き合える。A子やアガサとちがって、下町っ娘《こ》のナオミは言動も率直だった。共に家庭生活を営むなら、私立探偵の女房には下町の娘が最適だろう。

だが、男心はやっかいだ。

俺は典型的な野球バカだけど、これだけはわかる。初めて異性に心を奪われたら、急にあたりの風景がぼやけて視野がせまくなることを……。

そう、今の俺には名無しのA子しか見えてなかった。

打開策はどこにもない。恋の初心者の背中には、青い若葉マークがぴったりと貼り付けられている。ハンドルさばきもぶきっちょだ。二人の先行きがどうなるのか、まったく見当がつかなかった。

特大の握り飯を食い終えた俺はナオミに礼を言った。

「ありがと。生き返ったよ」

「気にしなくていい。おにぎりならこうして毎日持ってくるし、よかったら洗濯ぐらいしてあげるから」

早くも世話女房きどりだ。

さっと席を立つと、話し足りないナオミが曖昧な笑みを浮かべた。気持ちは察したが、あまり深入りしすぎると後が面倒だ。

それに週明けの探偵科の授業に遅れるのはまずい。担任の鉄仮面からどんな懲罰をうけるかわからない。

俺は急ぎ足で教室を出て、古い造りの急階段を上がっていった。

三階までくると、探偵科の教室の前でメガネ野郎が待ち構えていた。お調子者が細い両目をしばたたく。

「すげぇな、おまえって。女番長まで手なずけるなんて」

「ヒラリン、おまえのほうがすげぇよ。監視カメラみたいに、たえずオレの動きを見張ってやがる」

「何をしでかすかわからないし、物めずらしくて目が離せないんだよ」

「オレは珍獣かよ」

気安く駄弁を重ねていると、平林が本来の秀才づらにもどった。

「そんなとこだ。じつは先週へビ道で二組に分かれたあと、三回忌の参列者のなかに思いがけず大物政治家の姿を見つけたんだ」

「聞かなくても想像がつく。法務大臣の梅宮大吉だろ」

「ちっ、野性の勘か。考えてみたら谷中は梅宮議員の地盤だし、冠婚葬祭に顔を出すのは当然かもしれないけどね」

「ま、そういうことさ」

俺はさりげなく受け流した。

おぼっちゃま育ちの級友を危険水域へ導くのは本意ではない。巨悪に立ち向かうのは、はぐれ者の俺と剣崎だけでたくさんだ。それに明智先生が狙うターゲットが、日本の法務大臣だと知ったら小心者のヒラリンは腰を抜かすだろう。

だが、女校長との共闘は確約されてはいない。

探偵助手の俺には、彼女の本性がいっこうに見抜けなかった。

一歩まちがえば相手がわへと寝返り、逆にこっちが破滅させられる恐れがあった。なにせオバマ政権のブレーンとして活躍してきた明智典子は、だれよりも国家権力の甘《うま》みを知っているのだ。

現に明智先生の私生活は分厚いベールに覆《おお》われたままだった。

探偵科の教室に入ると、級友らは早くも席に着いていた。また一人足りない。クラス委員のアガサの席がぽっかりと空いている。相棒の剣崎にアイコンタクトをすると、知らないという風に頭《かぶり》をふった。

ほどなくアガサが不機嫌モードで入室してきた。俺たちと目を合わさず、ぽんと放り投げるように言った。

「今日の授業はお休みよ」

「ちょっと説明不足だろ、どういうことなんだよ？」

俺の問いかけをスルーし、アガサが独り言みたいにつぶやいた。

「……明智先生はこれから美容室にでかける」

「まったく……」

担任教諭が何を考えてるのかさっぱりわからなかった。

わかっていることはたった一つ。この重苦しい場を仕切れるのは、探偵科のリーダーだけということだ。

「ちょうどいいじゃないか。先週金曜日、二組に分かれて聞き取りをした調査結果をここでまとめよう」

「それがいい。アガサ隊の報告も聞きたいし」

そう言って、こんどは剣崎が俺にアイコンタクトしてきた。

俺たち二人は事前に話し合って方向を定めている。梅宮議員の疑惑についてアガサ隊には教えないと決めていた。

他の級友まで『黒い霧』の中へ誘いこむのは忍びない。

それに素人が首を突っこむには、今回の事件はあまりにもヤバすぎる。だけど前科持ちのブラックハッカーとプロの探偵助手なら、少々の危難は回避できる。

推理小説家志望なのに、良家育ちのお嬢様は人を疑うことを知らない。こちらの提案にすぐにのっかってきた。

メモ帳を見ながら、アガサが簡潔に述べていった。

「あの日、法要帰りの八人から話を聞きとった。興味をひかれたのは二件。一件目は被害者の田辺守くんが弱視だったこと。夜道だったので、背後から迫るベンツが見えにくかったのかもね。二件目は地元の梅宮議員が参列してたってこと。さすが日本の治安を守る法務大臣ね。少年の死を悼《いた》んで本当に涙を流してらしたわ」

さすがに黙っていられなくなった。見方が一元的で甘すぎる。法務大臣だからといって法を犯さないとはかぎらない。

俺は言わずもがなのことを口にだしてしまった。

「アガサ、君の青い瞳はいったいどこを見てるんだ。田辺少年が弱視だとしても、今回のひき逃げ事件とは何の因果関係もないよ。S字坂の事件現場には明るい街灯が立ってるじゃないか。それに田辺くんにとっては通いなれた坂道だ。悪いのは前方不注意で突っこんできたベンツの運転者のほうだろ」

「そうだけど、何もそこまで怒らなくても……」

「梅宮議員が参列したのは評集めに決まってる。それにヤツが涙を流したのは」

「ストップ！」

剣崎が大声で俺を制した。

あぶねぇ。相棒が止めなけりゃ、短気な俺はこの場で梅宮大吉の悪行を暴露してしまうところだった。

事情を知らないアガサがきれいな眉を吊り上げた。

「乱歩、やはりあんたとは一緒にやっていけない。いつも感情に流されてばかりだし、ひとりで突っ走ってる。それに女性に対する心配りがゼロ。くだらない男社会の中で楽しくバカ話をしてればいいわ。私はお断りよ」

二度目の絶交宣言を下し、アガサはさっさと教室から出ていった。

むさくるしい男六人が取り残された。力なくたがいの顔を見交わすばかりだ。あでやかな日英ハーフの美少女が消えた空間はとても殺風景だった。

探偵科の中核は俺ではなくアガサなのだ。

そのことがはっきりとわかった。たしかに俺はせっかちで、後先を考えずに走り出す。これではリーダー失格だ。

そっと席を立ち、俺は無言のまま教室から退出した。

頭がズキズキする。A子から渡米の話を聞いて以来、なんだか胸が苦しい。俺の足はしぜんに保健室へとむかっていた。

お決まりの合い言葉も告げずに扉をあけ、ふらふらと〝オアシス〟へ入りこんだ。

待ち構えていたように、スクールカウンセラーが黒タイツの両脚をサッと組みなおした。

真理恵先生は今日もクールだった。

「きっと来ると思ってた。ね、私の予言は当たるでしょ」

「急に体調をくずしちまって。精神安定剤みたいなものを貰えますか」

「その前に診察をしなきゃ。両目が赤にごりだし視点も定まっていない。たぶん睡眠不足と情緒不安定が重なってるようね」

「かもしれません。いろんなことが次々と起こって」

「軽いパニック状態なのね」

言われてみればそんな気もする。俺は力なく白い革椅子に腰をおろした。

梅宮家の張り込みや、女性たちへのパズルのような対応に苦慮し、すっかり心身のバランスを崩していた。

それにしても真理恵先生の路線はすごい。

真っ白いブラウスから、ブラジャーの線がうっすら透けている。長い黒髪もどこかしらけだるそうだ。本郷台地に建つ新設高校のカウンセラーは、なぜか独自のセクシー街道まっしぐらだった。

目のやり場がない。こうして机をはさんで二人で向かい合ってると血圧が上がる。心拍数も急上昇してやたら心臓に悪い。

真理恵先生が、またもきれいな両脚を組みかえて言った。

「その様子だと、かなりこじらせたみたいね」

「もう自分の手にはおえません」

「異性関係ってことよね」

「ええ。女って何を考えてるのか全然わからなくて」

「あなたが悪いわけじゃないの。それは生い立ちに起因してるのよ」

「どうゆうことスか」

鈍感な俺は首をひねった。

対面カウンセリングは一種の謎解きらしい。相手のしぐさや発言を瞬時に解析し、名探偵ホームズのごとく結論を導きだす。ただし患者がウソをつくと、とんでもない診断が下されるという難点があった。

だが、真理恵先生はちゃんと最新の利器で裏をとっていた。

「申し訳ないけど、あなたのことはデバイスで調べさせてもらった。頭脳は平均値で体力は抜群。少年野球チームのエースで父子家庭育ち。幼い時にお母様と生き別れてしまい、少し性格がかたよっている」

「ま、だいたい当たってるけど」

俺は不満げに目を伏せた。この前なんか、真理恵先生から『マザコン』という最悪の言葉を投げかけられたのだ。

なぜか俺に興味を抱いたらしく、彼女はデバイスまで持ち出してきた。生徒のプライバシーを勝手に調べるなんてブラックハッカーより悪質だ。

アガサに背を向けられ、気が滅入ってオアシスにのこのこやって来たのがまちがいだった。席を立とうとした瞬間、真理恵先生が断定的な口調で言った。

「男はみんな、謎めいた女性にひかれるものよ」

「ということは、その対象は目の前にいる先生ですよね」

俺は冗談めかして切り返した。

　だが、プロのカウンセラーはまったく動じない。彼女はチェスのゲームみたいに的確に言葉の駒《こま》を進めてきた。

「男児にとって母親はかけがえのない存在よね。それが突然去ってしまったとしたら、精神的ダメージは計り知れない。喪失感が消えず、ずっとひきずっていく。そしてちょっとしたトラブルに巻きこまれると、たちまち気持ちが不安定に」

「平気さ。母親は七歳のころに家を出ていったけど、顔も憶えてないし」

「憶えていないのではなく、あなたは自分の記憶から消してるのよ。本当は忘れられないのに心をかたく閉ざしてる。健忘症というか、ある種の記憶障害ね」

「そんなことって」

「症例はいくらでもあるわ。マザーコンプレックスはとても根が深くて、思春期になるといっそう顕著になってくるの。二度と傷つきたくないから、異性への忌避感は強まるばかり。どう、乱歩くん」

「そういえば……」

　たしかに思い当たるフシがあった。

　実母の顔だけでなく、A子との関係性がどうしても明らかにならない。彼女と最初にどこで出会ったのかさえ思い出せなかった。母と生き別れたショックからか、異性への想いが深まると、記憶から排除するという症状が出るのかもしれない。

『名前も存在も忘れられた女は、相手に思い出してもらうのを待つしかない』

A子の痛切な言葉がリアルによみがえってきた。荒川の河川敷にあらわれた初恋の女《ひと》は、まさに〝名無しのA子〟だった。


向学心のない俺は勝手に学校を早退した。やるべきことは他に山ほどある。得意な分野に時間をさくほうが効率がいい。

下校時、D坂を下りながらあらためて一連の出来事を思い返してみた。

今の俺は、三つの謎を同時に追っている。

一つ目は猟奇的な『人間椅子』の謎。死体入りの古椅子を持ち帰ったせいで、うちのオヤジは警察にしょっぴかれた。なんとか容疑が晴れて釈放され、現在は竹下弁護士の別荘で隠遁《いんとん》生活をつづけている。また人間椅子と化した松崎達也の死因が、事故死なのか他殺なのかもわかっていなかった。

二つ目は『S字坂の殺人事件』の謎。厳密にはひき逃げ事件だが、行為そのものは極めて悪質だった。犯人はどうやら地元の有力議員だと思われる。だが物的証拠のシルバーのベンツはいまだに発見されてはいない。俺たちが逃走車を見つけ出さないかぎり、警察はけっして重い腰を上げないだろう。

三つ目の『謎のサウスポー』が最もやっかいだ。

元来、A子と俺はどんな間柄だったのだろうか。大事な点がすっぽりと脳裏から抜け落ちている。真理恵先生の診断によれば若年性健忘症だとか。頭部の外傷によるものではなく心の傷だ。実母と生き別れたことが原因らしい。

心身共に健全な俺は、そんな感傷的な診断なんて信じちゃいない。しかし七歳にもなった男子が生母の顔さえ憶えていないなんて、やはりどこか病的だよな。

そして、この三つの謎は一本の横糸でつながっている。

細部を照らし合わせれば、くっきりと一人の人物が照らしだされてくる。事件の中心軸にいるのは、まぎれもなく高杉家の跡取り娘。名無しのA子にちがいなかった。一連の怪事件は、A子が俺の前にあらわれたあたりから頻発《ひんぱつ》しはじめたのだ。

もしかすると俺の記憶障害は、母と再会しさえすれば全快するのかもしれない。そうすれば、A子との記憶もよみがえるような気がする。

だとすれば、俺はまぎれもないマザコン野郎ということになる。それだけはどうしても認めたくなかった。

今日、美容室通いの明智先生からは何の伝達事項もなかった。

おまけにクラス委員のアガサに二度目の絶交宣言をされた。せっかくまとまりかけていた〝少年少女探偵団〟は、俺の不遜《ふそん》な態度によって空中分解してしまった。相棒の剣崎はともかく、他の級友らを統率する力量は俺にはない。

リーダーとして失格だ。

それに健忘症ではまともな判断ができない。やはり賢明なアガサのほうがまとめ役としてふさわしい。遅きに失したが、リーダーの座は彼女に明け渡すと決めた。

団子坂の自宅前に人影はなかった。マスコミ関係者は早くも次のターゲットを追いかけているらしい。人の噂は七十五日どころか十日も持続しないようだ。週ごとに興味は目移りしていくのだ。

扉をあけると、竹下弁護士が椅子にもたれてゆったりと紫煙をくゆらせていた。

タバコ片手に老弁護士が微笑んだ。

「お帰り、乱歩くん」

「竹爺、ことわりもなく他人の家に上がりこんで『お帰り』でもないっしょ。いったいどうなってるんスか」

「反転攻勢だよ。こんどはこっちから仕掛ける番だ」

「よけいにわかんないっス。オヤジの姿も見えないし……」

　俺は首をひねるばかりだった。

　竹爺が現状を的確に伝えてくれた。

「潮風にあたって、源太郎さんは探偵として復活したようです。彼なりに目星がついているらしく、さっそく軽トラに乗って箱根温泉へでかけました」

「九十九里浜での磯釣りのあとは、のんびり温泉旅行ですか」

「いいえ。源太郎さんの狙いはすばらしいですよ。今回の事件の中で、まだ一度も姿を見せない重要人物がいますよね。乱歩くん、気がつきませんか」

「……高杉家の女当主」

「そう、祖母の高杉和江さんです」

　たしかに老弁護士の指摘は正しい。

　高校生探偵の俺は、最も大事な老女を見落としていた。考えてみれば、高杉和江こそ一連の事件の背後にいるのだ。しかし遠く箱根温泉で長逗留しているので、谷根千界隈を調べまわっている俺の視界には入ってこなかった。

　松崎達也が窒息死した古椅子も、じっさいは祖母の愛用品だった。中年のお抱え運転手が高杉家の美しい孫娘を横恋慕し、『人間椅子』に化したという猟奇譚《りょうきたん》は深読みにすぎなかったのかもしれない。

また『S字坂の殺人事件』においても高杉和江の存在は大きい。

容疑者の梅宮議員を彼女はずっと経済的に支援していた。孫娘のA子の言によれば、運転手の松崎を梅宮家へトレードしたのも祖母なのだ。つまり高杉家の女当主こそ、この地域を仕切る陰のフィクサーだと思われる。

元侯爵家の末裔は広い人脈と財力を兼ねそなえている。女当主は正規の手続きを経《へ》ずに重大な案件に影響をあたえることができるらしい。テレビのサスペンスドラマでは、フィクサーに逆らった者たちは次々と消されていく。

俺と剣崎を襲った黒服の凶漢らも、もしかしたら梅宮議員ではなく高杉和江が金で雇ったのかもしれない。

俺はブルッと身震いした。

「やっべぇ。それが本当なら、オヤジの身も危ないのでは」

「いや、君のほうが危険な立場にいますよ。わたしの調べでは、高杉家の跡取り娘と親しく付き合ってますね」

「ま、そうですけど」

「祖母の和江さんは快く思ってないようです。逆鱗《げきりん》にふれたかもしれませんね」

「身分違いってことスか。そりゃ相手は大金持ちの令嬢だし……」

こっちは貧乏育ちで正真正銘の下町っ子だ。二人が結ばれることは、広大なゴビ砂漠の中からダイヤの婚約指輪を見つけだすよりむずかしい。方向を見失い、照りつける太陽の下で渇き死にするのが関の山だ。

「恋は若者の特権です。でも乱歩くん、今の君の使命はオヤジさんの汚名をすすぐことにあります。展開をきっちりと先読みして、悪い連中にひと泡吹かしてやりましょうよ。およばずながら、わたしも手助けしますから」

竹爺の励ましを、俺はすなおに受け入れた。

初恋の行方も気になるが、いったんオヤジの背に貼られた『猟奇殺人犯』というレッテルを早急に引き剝がしたかった。

それには俺の集めた情報を竹爺に話し、プロの弁護士の目を通じて事件解決の道順を指し示してもらうしかない。

「竹爺。これから述べるのは秘密事項で、オレのほかは級友の剣崎亮しか知らない。色々と勘違いしてる部分もあるだろうけど聞いてくれ」

手帳をひろげ、俺は事件の核心部分を読み上げていった。

するとくと竹爺がタバコの火を消して待ったをかけた。

「最近は耳が遠くなって物忘れが激しくてね。悪いけどボイスレコーダーを回すよ」

「いいっスよ。話を聞いたあと、気付いたことがあったらアドバイスしてください」

声を大きくし、話すペースもゆるやかにした。

出来事を順番に追っていったが、やはり錯綜《さくそう》している事件のつながりをうまくまとめきれない。それでも竹爺は目をとじ、俺が話し終えるまで黙って聞き入っていた。

「乱歩くん、お見事」

ほめ上手の竹爺は、パチパチと拍手までしてくれた。

人権派の老弁護士は警察に対して辛辣《しんらつ》だ。相手がわの少しのミスも見逃さない。しかし、へっぽこ探偵の俺にはとても寛大だった。

「いや、大したことないっスよ」

「丹念に足で調べる捜査はオヤジさんゆずりだね。あの二年前のS字坂のひき逃げ事件が、まさか人間椅子の怪事件と連動しているとは知りませんでした。まったく目の付けどころがすばらしいですね」

「いや、オレじゃないんスよ。探偵科の授業の中で、担当教諭の明智典子先生が課題として取り上げたんです。アメリカ帰りのエリート女校長が突破口をひらいたってわけです。でも彼女の動きもけっこう怪しいので……」

「五里霧中ですか。まわりの大人たちがみんな怪しく見えるってことだね」

「でも、明智先生のことは信じていたいです」

それは本心だった。少なくとも彼女の経歴から察すれば、弱者寄りで古い価値観にしばられないリベラルな考えの持ち主だろう。

ヘビースモーカーの竹爺が、またタバコに火をつけながら言った。

「捜査の基本は地道な聞きとり調査です。だからオヤジさんは高杉和江さんに会いに箱根まで行った。君も不審に思うなら行動に移すべきだ。明智典子さんと直接会って、彼女の本心を聞き出しなさい」

「それは……」

無理っスと言いたかった。

正面から鉄仮面にぶち当たっても勝ち目はない。冷たくあしらわれて教室の外へ放り出されてしまう。

しかし、弱気な投手は打ちこまれるだけだ。エースならピッチャーマウンドを死守し、強打者の胸元へビシッと決め球を投げこむ。たとえそれがハエがとまるほどのヘナヘナの直球であっても。

覚悟を決めた俺は、竹爺の前できっぱりと言い放った。

「砕け散るかもしれないけど、これから厚い壁に突進してきます」

「はっはは。乱歩くん、玉砕《ぎょくさい》はいけませんよ」

好々爺《こうこうや》めいた笑い声を背に、俺は制服姿のまま団子坂探偵局から出ていった。D坂上の赤いポスト脇に、長身の若者が人待ち顔で立っていた。

俺と目が合うと、例によって剣崎は皮肉っぽい表情になった。

「乱歩、まったく君は人騒がせだな。危なっかしくて目が離せない」

「ヒラリンも同じことを言ってたっけ」

「あんな金持ち息子の甘ったれと一緒にすんなよ。こっちは闇に生きるハッカーだ」

「だったら援護射撃が足りねぇよ」

「乱射しすぎて弾切れさ。アガサ組と決別して元のコンビにもどったけど、このほうが動きやすい。で、これからどうする」

「歩きながら話そうや。じつはうちのオヤジが舞い戻ってきて、早くも独自捜査を開始してる。箱根温泉にいる高杉家の祖母に目をつけたらしい」

「なるほど。たしかに高杉和江さんの存在は盲点だったな。ずっと姿を消してたし、『人間椅子』の怪事件が発覚しても帰宅しようとしない。体調不良とかで警察の任意の聞き取りもやんわりと拒絶してる。それに地元警察もどこかしら遠慮ぎみだ。なにせ彼女はこのあたり一帯の大地主だからね」

剣崎はちゃんと高杉和江の動きも押さえていた。

ブラックハッカーは他人の私生活まであぶりだす。またありとあらゆる情報を盗み出し、時にはウィルスをばらまいてネット社会を混乱におとしいれる。

言ってみれば、江戸川乱歩が描くような陰湿な『屋根裏の散歩者』だ。

でも俺は前科持ちの相棒をだれよりも信頼していた。現在の剣崎亮は稀《まれ》なる苦学生なのだ。深夜にラブホでバイトして、一人で生活費と学費をまかなっている。

そして階級社会への反発心は、俺よりずっと強かった。

「高杉和江の身辺調査はあんたにまかせるよ。相手は謎だらけのフィクサーだし、ブラックハッカーのお手並み拝見だ」

「それより乱歩、高杉家の無鉄砲な孫娘との恋模様はどうなんだよ」

「もうすぐ離ればなれになるよ。オレのコールド負けさ。全米女子プロ野球が半世紀ぶりに再開されるとかで、彼女は育成選手としてスカウトされた。今回の事件が解決したら、アメリカへ飛び去っていく」

「色男め、良い気味だ。彼女には去られ、アガサにも背を向けられちまってる。残ってるのは女番長のおねぇちゃんだけかよ」

剣崎は上機嫌だった。

俺は表情をひきしめ、本日の役割分担を伝えた。

「オレはこれから明智先生と会って、本音で語り合ってみる。あんたは新宿歌舞伎町へ行ってバイトする。緊急の場合は、夜中でもかまわないから団子坂探偵局に来てくれ」

「でもさ、明智先生は手ごわすぎるぜ。何を聞き出そうとしてるか知らないが、ぶっとばされちまうぞ」

「覚悟はできてる」

そうは言ったが、微妙に声がふるえていた。

前途多難だ。聞き取り調査どころか、逆に射程距離に入った夏の虫のごとく叩《はた》き落とされる可能性が高い。

南北線の本駒込駅前で、相棒の天才ハッカーが重大なヒントをくれた。

「明智典子は次回の衆議院選挙に東京三区から立候補する気らしいよ」

「えっ、この選挙区から！」

意表をつかれ、俺は素っ頓狂な声をあげた。

駅前で剣崎と別れたが、いったん湧きあがった疑念は消えそうもない。

これまでの明智先生の不可解な言動は、すべてエリートにありがちな強烈な上昇志向によるものだったのかもしれない。

東京三区は梅宮議員の地盤だ。しかも剣崎の話によれば、彼女は同じ政権与党からの出馬を検討しているようだ。つまり現職の法務大臣をスキャンダルで失脚させないかぎり、明智典子の出番はない。

梅宮を追い落とすには、地元小学生のひき逃げ事件は絶好の攻め口だろう。探偵科の生徒たちへの課題を、わざわざ大仰に『S字坂の殺人事件』と名付けたのも、そうした意図があったのだ。

彼女からリーダーに指名され、俺は何も知らずに猛進してきた。

そして真犯人をあと一歩のところまで追いつめている。事故車のシルバーのベンツさえ発見すれば、ひき逃げ犯として梅宮議員は逮捕できる。現場を目撃した証言者もいるし、逃げ隠れはできないはずだ。

犯人は法務大臣！

これほどスキャンダラスな事件はあるまい。

生徒たちを指導し、地元のひき逃げ事件を解決した明智典子の名は喧伝される。切れ者の女校長はそのまま梅宮議員の地盤を引き継ぎ、国会議員へと華麗なる転身。そんな筋書きに加担するなんて我慢ならなかった。

俺は足を速めた。明智先生が美容室に出かける前に、ちゃんと会って確かめなければならない。

ブラックハッカーの情報がフェイクであることを祈るばかりだ。あの理知的な女性が、鉄仮面の下でひそかに権力奪取への野望を抱いていたなんて思いたくなかった。

「あっぶねぇ……」

考え事をしていたので、校門前で下校途中の女子高生らの流れにのみこまれてしまった。同じように濁流の中であえいでいたメガネ野郎が俺の名を呼んだ。

「乱歩ッ、こっちへ来い」

「おまえこそ、あっちで話そう」

通学路脇の大樹を指さすと、級友の平林が大きくうなずいた。甘い体臭の群れを離れ、俺たちは広葉樹の木陰で話し合った。

「ヒラリン、さっきはすまなかったな。クラスの調和を乱しちまって」

「あやまることはないさ。君とアガサの衝突は定例行事みたいなもんだからね。見ていて逆にうらやましくなるよ」

「よくわかんねぇけど、彼女の正論を聞かされると妙にムカつくんだよ」

「ぼくなんか、アガサとは他人行儀な接し方しかできない。ひょっとすると、彼女は君のことが好きなんじゃないかな。だから二人で向き合うと猛烈に反発するし、われを忘れて喜怒哀楽の情があらわになる」

級友の嫉妬《しっと》まじりの分析なんか聞いても埒《らち》が明かない。

俺は話を本題にもどした。

「その件はもういいよ。明智先生はまだ学校にいるのかな。ちょっと話しておきたいことがあってさ」

「美容室へ行く前に校長室で書類に目を通してる。ぼくもレポートを提出しに行って、少しだけ会話を交わしたし」

「それっておかしいだろ。まるで示し合わせたみたいに密談して」

「ただの報告だよ」

「オレとアガサの口論も校長に報告したわけだ。その様子だと、剣崎がオレのあとを追って早退したことも伝えたな」

「そんな目で見るなよ。とにかく明智先生はまだ校長室にいるから会えばいい。ぼくは本郷の予備校へ行くから。また明日な」

一方的に話を打ち切り、ヒラリンはそそくさと木陰から出ていった。

何やら怪しい。野性の勘がしきりに点滅した。あの冷徹な明智先生と親しく会話できる生徒なんているはずがなかった。

いるとすれば、それは内通者だ。

平林幸助のクラスでの立ち位置は微妙だった。アガサにすり寄ったり、俺のがわに付いたりしている。中立派といえば聞こえはいい。だが子供たちに道徳心を説く絵本に沿うと、どっちつかずのコウモリだ。

物わかりのよいフリをして、平林は両者から情報を集めていたようだ。最初はうまくいっても、最後にはバレて両者から締め出されちまう。

明るいお調子者とばかり思っていたが、狡猾《こうかつ》なダブルスパイなのかもしれなかった。

これだから探偵稼業はやめられない。少年院上がりのブラックハッカーが清廉《せいれん》な苦学生だったり、育ちのいいおぼっちゃまが密告者だったりする。

べつに怒っちゃいないよ。

ヒラリンの愛嬌たっぷりな話し方や、どっちつかずの生き方は面白いと思ってる。しかし漫才師のツッコミじゃないが、あまりにも『クセがすごい』と言いたかった。

校内に入った俺は一階の校長室に直行した。形式的に扉をノックし、返事を待たずにピンク一色の部屋へと入った。

書類に朱印を押していた女校長が、いぶかしげにこっちを見た。

「どうしたの乱歩。アガサともめて早退したんじゃなかったの」

「それってヒラリンからの報告だろ。世間知らずの秀才を使って、クラス内のことを調べさせるなんてＦＢＩの手口かよ」

玉砕覚悟で先制パンチをくりだした。

だが、瞬時に相手の強烈なクロスカウンターが俺のこめかみに叩きこまれた。

「ちょうどいい、伝えようと思ってたの。乱歩、あなたは無期限の停学よ」

「停学？」

「校則を破り、風紀を乱し、女生徒にセクハラ。すべて罪状は明らかです。しばらくは自宅で反省の日々を送りなさい。剣崎亮も一緒に停学処分にいたします」

「あいつまで！」

「そうよ。二人で協力して探偵科の課題をクリアできたら復学をゆるします」

「ということは……」

二人で捜査に専念し、Ｓ字坂のひき逃げ犯を早急に捕まえろという指令らしい。

それにしてもめまぐるしい。Ａ子は自主退学。俺と剣崎は無期限の停学。事件が解決したら復学。そのすべてに女校長が関わっている。入学して半月足らずなのに、こんな激烈な展開がゆるされていいのだろうか。

俺は語気を強めた。

「先生に言われなくても捜査は続行するよ。谷根千高校の生徒としてではなく、地元の人間として田辺守くんをひき殺した犯人を絶対に叩きつぶしてやる。たとえ相手が強力な権力者であっても」

「その口ぶりだと犯人は特定できてるってことね」

「初めから明智先生のターゲットは決まってたンだろ。倒したい巨悪とは現職の法務大臣。この東京三区選出の梅宮大吉議員」

「課題の評価はプラス30点」

いつの間にか口頭試験になってしまった。すっかり相手のペースにはまった俺は、声高に推論を述べていった。

「アメリカ帰りの超エリートが、こんな小規模の新設高校の校長に就任したのは、大いなる野心があったからだ」

「プラス20点。合計50点。あと少しで赤点脱出よ」

「明智先生、あなたがもくろんでるのは社会正義じゃない。猛烈な上昇志向だよ。ひき逃げ犯の梅宮議員を蹴落とし、政権与党の推薦をうけてこの選挙区から立候補し、国会議員にまでのし上がろうとしてる」

剣崎から仕入れた情報を元にして、俺は無表情な鉄仮面を一気に追いつめた。

だが、冷徹な女校長は眉ひとつ動かさなかった。

「マイナス50点。プラスマイナスで評価は0点。よって停学決定」

「それって採点ミスだろ」

「乱歩、あなたは大きく見誤ってます。私はね、その他大勢の国会議員になろうとはこれっぽっちも思ってない」

「なら、明智先生はいったい何をめざしてるんスか」

「前にも言ったでしょ。敵の中枢にとびこまなければ、正義の切っ先は届かないって」

「もっと具体的に言ってくれよ」

不快げに口をとがらせると、とんでもない言葉が返ってきた。

「私がめざしているのは、日本初の女性総理大臣」

「………」

不意打ちを食らった俺は、声もなくその場に立ちつくした。

第七章　《黒蜥蜴》

停学ほどありがたいものはない。

おかげでたっぷりと朝寝ができる。向学心のない俺は教室外で羽をのばし、自由時間を満喫していた。

しかし先立つものはカネだ。

捜査を続行するにしても、日々の生活には金がかかる。オヤジの悪名が広まり、『団子坂探偵局』の名は地に堕ちてしまった。依頼者などあらわれるわけもなく、現金収入の道は断たれていた。

そんな折、割のいいバイトにありついた。時給四千円の軽作業。三時間勤務で一万二千円にもなる。その上、豪華なランチ付きだ。

仕事内容は子供でもこなせる早朝ランニングとキャッチボール。そして雇い主は、オヤジを窮地に追いこんだ高杉家の孫娘だった。

彼女が死体入りの古椅子の廃棄を依頼したせいで、オヤジは猟奇殺人犯の汚名を着せられたのだ。

罪滅ぼしのつもりなのか、A子は次に俺へ仕事をまわしてきた。

きっとろくでもない結果になるだろう。でも背に腹は代えられない。俺は午前中から高杉邸へおもむき、広い前庭でキャッチャー役をこなしていた。

「乱歩、なにやってンの。もう少しミットを低くかまえてよ。ピッチャーの生命線は外角低めの直球なんだから」

雇い主の注文には絶対服従だ。いまのところ金の出どころはA子しかない。彼女のご機嫌をそこねたら食いっぱぐれてしまう。

バイトの居酒屋店員みたいに、俺は切れのいい返事をした。

「はいっ、わかりました」

「キャッチャーミットの音をもっとひびかせて。パンッと心地よくね」

「すみません。慣れてなくて」

「それと返球を早くして。投手にはリズムってもんがあるし」

「……そうですよね」

少しいじけた声調になってしまった。

俺も以前はA子みたいにいばり散らしていた。つくづく思い知らされた。ピッチャーという種族はとんでもないわがまま者だと。

しかし、A子の場合は持って生まれた性格らしい。

何をやっても愛らしくて憎めない。野球帽にホットパンツという立ち姿が目にまぶしい。良く言えば天真爛漫《てんしんらんまん》。悪く言えばお金持ちのじゃじゃ馬娘だ。

こうしてのどかにキャッチボールなんかしてるけど、俺は停学中だし、A子はすでに退学しちまってる。

停学×退学。

ある意味、似合いのカップルなのかもしれない。

三十球ほど投げこんだあと、A子がべったりと芝生に寝そべった。

「乱歩、マッサージしてよ。肩と腰が張ってるし」

「こまったたな」

「さ、早くして」

「……とにかくやってみるよ」

これまではマッサージされるがわだった。試合後は後輩たちに全身を揉ませてふんぞりかえっていた。野球チームにとって投手は特別あつかい。勝ち負けの八割はピッチャーの出来しだいで決まるのだ。

　A子が全米女子プロ野球にスカウトされたのも、貴重な左腕のアンダースローだったからだろう。するどく胸元をえぐり、ズンッと浮き上がってくるカーブは左打者にとっては最も打ちにくい。

　その投法を伝授したのは高杉家の使用人だった。謎めいた執事の前歴は、伝説のアンダースロー杉浦忠の球を受けていたブルペンキャッチャー。しかし近藤さんは老齢なので、野球経験者の俺にキャッチャー役がまわってきたらしい。

　こうして異性の身体にふれるなんて初めてだ。

　どぎまぎしながら小声で言った。

「ごめん。いくよ」

「なによ、それ。あやまってからマッサージするなんて」

「では遠慮なく」

　小馬鹿にしたような口調にあおられ、うつ伏せになっている彼女の背に馬乗りになった。さすがに重かったらしく、いつも強気なA子がウッとうめいた。

　かまわず相手の両肩を手荒く揉みほぐす。やみくもに腰のあたりを両の親指で押すと、A子の口から甘ったるい吐息がもれた。

つられて俺も大きく息を吐いた。

まだキスさえしていないのに、全身マッサージだなんてディープすぎる。

「特別料金を貰いたいな」

俺が軽口をたたくと、金銭感覚のないA子があっさり受け入れた。

「わかった、時給は五千円に値上げしとく。お宅には色々と迷惑かけたしさ」

「いいんだよ。おかげでこんなに親密になれたし」

「じつは今朝《けさ》、和江おばぁさまから電話連絡があったの。昨日荒川源太郎という人が箱根の宿に押しかけてきたって。その人なら知ってると言ってあげた」

「やっぱ、うちのオヤジが……」

せっかく良い場面なのに頭上から冷や水をぶっかけられてしまった。

強引な捜査活動がオヤジの持ち味だ。地元警察とちがい、なんの気配りもなく大地主の投宿先へ上がりこんだらしい。

きっと高杉家の女当主は激怒したにちがいない。

「すまん、こんどは本当にあやまるよ。のんびりと療養中だったのにさ」

じれったくなったのか、A子が芝生の上に起き上がって体育ずわりした。

「バカね、なんど頭を下げれば気がすむの。和江おばぁさまは退屈しのぎに源太郎さんと夜中まで語り合い、二人で仲良くお酒を酌み交わしたそうよ」

「気が合ったってことか」

「そう、あなたと私みたいに」

「危険な出会いだな。先が思いやられるよ」

高杉和江は政財界に顔がきく闇のフィクサーだ。刑事くずれの酔いどれ探偵と親密になれば、よからぬ結果になるのは目に見えている。

「これまでの事情を聞いたおばぁさまは、あなたのお父さんをご自分のボディガードとして雇い入れたの。時給一万円で」

「オレの倍額じゃん」

「元警視庁捜査一課の名刑事には、それだけの価値があるってことよ」

「怪しいな。身辺警護のほかに極秘の指令があるンじゃないか」

「もちろんよ。梅宮議員の身辺調査と温泉旅行のお供」

「なんかひっかかるな。和江おばぁさんはいったい何歳なんだよ」

酒席で意気投合したのは結構だが、いくらなんでも二人で湯宿の旅なんて行き過ぎだと思う。俺はオヤジの真意を図《はか》りかねていた。

A子がなんでもなさそうに言った。

「おばぁさまは五十三歳」

「老女じゃなくて熟女じゃん！」

「わが家の女性はみんな早婚で、祖母も母も十代で子供を産んでるし。できたら私もそうしたいと望んでる」

俺を見つめるA子の瞳がやたらまぶしい。

高杉一族がそろって早熟なのは痛いほどわかった。わからないのは高杉和江の狙いだ。古くから付き合いのある梅宮大吉議員の調査を、会ったばかりの酔いどれ探偵に依頼するのは理解しがたい。

まさか男を乗り換えようとしているのだろうか。

高杉和江の動きは妖しい。まるでオヤジの敬愛する江戸川乱歩が描く『黒蜥蜴《くろとかげ》』のようだ。年齢不詳の女盗賊は次々と男たちをたぶらかして犯罪を重ねていく。黒蜥蜴に殺され、剥製《はくせい》にされた美男子まで出てくる耽美的な小説だった。

そう考えると、手をつないで温泉旅行なんてもってのほかだ。名探偵明智小五郎きどりのオヤジの身が危うい。

俺の懊悩《おうのう》をよそに、そばのA子が見当ちがいのことを口走った。

「日本の法律では、女性は十六歳から結婚できるのよ。男性は十八歳からだってさ。よかったら私が渡米する前に婚約だけでもしとこうか」

「どこまで突っ走るつもりなんだよ」

俺は天を仰いだ。

野球少女の恋のスピードは、大谷翔平投手の快速球なみだ。打者は手も足も出ないだろう。一方の俺ときたら、幼稚園児がこぐ三輪車。どんなに必死にペダルを回してもA子にはぜったい追いつけない。

きっと孫娘も祖母も、理性より感情が先走る血筋なのだろう。このままでは俺たち父子は高杉家の従僕としてのみこまれ、陳列棚に剝製として飾られちまう。

切り上げ時だ。

俺は残り一時間のバイト料金を放棄することにした。

「悪いけど今日はこれでおしまい。豪華なランチは遠慮しとく。停学中の剣崎と昼飯の約束があるんだ」

「ひどい。私より男友だちと会うほうが大事なの」

「課題の捜査が大詰めなんだ。S字坂のひき逃げ事件を解決しないかぎり、谷根千高校には復学できない。オレは平気だけどさ、剣崎はどうしても高卒の資格が欲しいようだし、二人で協力してがんばるよ」

「だったら私も仲間に入れて」

「断る」

即座に俺は突っぱねた。

金持ちのわがまま娘を陣営に迎え入れたら、よけいにややこしくなる。それに剣崎は根っからの女嫌いだ。早熟なA子を仲間に引き入れても、二人がうまくやれるわけがない。天才ハッカーの調査能力は抜群だった。年上の相棒はだれよりも頼りになる。梅宮法務大臣のかたいガードをやぶるには、犯罪すれすれのサイバー攻撃が必要となってくるだろう。

恋より友情。

いったんA子の仲間入りを拒絶したが、俺の強腰もそこまでだった。ポケットをさぐると小銭しかなかったのだ。

「ごめん、少し言いすぎた。君を歓迎するよ」

「なによ、その変わり身の早さ」

恥をしのんで、俺は特等の愛想笑いを浮かべた。

「すまないけど、二時間分のバイト料をここで即金で貰えないかな。からっけつで昼飯代もないンだ」

男二人の待ち合わせ場所は乙女稲荷と決めている。無数の小さな鳥居をくぐると、社殿の前に痩身の美青年が立っていた。

相棒の表情は微妙だった。

いつもの皮肉っぽい笑顔ではなく、困惑ぎみにこちらを見ている。無理もない。俺のそばには高杉家の孫娘が同行していた。無邪気なA子は軽快にスキップを踏み、まるでピクニック気分だった。

現金欲しさに魂を売った俺は、相棒にペコリと頭をさげた。

「剣崎、見ての通りだ」

「二人が良い仲だってことはわかった。この乙女稲荷は恋愛成就の場所だしね。ぼくは邪魔者らしいから、おさらばするよ」

「待ってくれ、そうじゃないんだよ。地元の権力者を倒すには、それに匹敵する大物が必要だろ。そこで彼女が協力を申し出てくれた」

「ほう、君といちゃついてるホットパンツの小娘が大物だってのか」

ニヒルなブラックハッカーが不快げに眉根を寄せた。

たしかに外見は渋谷駅前でたむろするギャルにしか映らない。じっさいA子は高校中退だし、仕事も勉強も嫌いなニートなのだ。

へそまがりの相棒を説得するため、俺はあえてそこを強調した。

「オレもあんたも停学中だ。彼女はワンランク上の自主退学。その三人がトリオを組めば怖いものなしさ。軍資金もたっぷりとあるし」

「なるほど、金欠のぼくたちのスポンサーってことか。それに高杉家の跡継ぎ娘なら人脈も広いだろう。標的の梅宮議員ともつながってるしな」

「よかった、了解してくれて」

「なんて呼べばいい。いろんな名前を使い分けてるようだが」

当然、彼女のことも調査済みらしい。剣崎が視線をむけると、A子が少し思案してからこたえた。

「もう仲間だし、あんたとはケンと桜子でいく。乱歩とはA子のままで」

「ならオレも、これからあんたのことをケンと呼ぶことにする」

「クッフフ。無茶だろ、勝手に呼び名を決めやがって」

相棒の剣崎が独特の笑い声で受け入れてくれた。

すると、さっそくお金持ちの野球少女が魅惑的な提案をした。

「プレイボールの前に腹ごしらえしましょ。行きつけの焼肉屋で上カルビをがっつり食べてスタミナをつけるのよ。先に言っとくけど、この新チームのオーナーとエースピッチャーは私だからね」

「やるな桜子。ぼくたちを食い物でつるってのはうまい戦略だよ」

めずらしく剣崎が女性をもちあげた。どうやらA子のかたやぶりの言動は、ブラックハッカーとは波長が合うらしい。

俺はA子の顔色をうかがいながら言った。

「よし、それで決まりだ。焼肉を食いながら三人で戦略を練り直そうや」

「面白くなってきたわね。さ、私についてきて」

いったん手に入れたエースの座を、A子は手放そうとはしなかった。

彼女は三人の先頭をきって歩きだした。

育ちがよすぎると、自分中心に世界がまわっていると信じて疑わないらしい。しけた男たちの気持ちなんかどうでもよくなるのだろう。

不満はない。根津駅前の高級焼肉店で、俺たち二人はたらふく上カルビを食わせてもらったンだからね。

その間、ほとんど会話もかわさなかった。俺と剣崎は食べることに集中した。権力者打倒の秘策を練ることなどすっかり忘却していた。

「すごい食べっぷりね。二人ともまるで欠食児童みたい」

金主のA子もあきれ果てていた。

小娘になんと言われようとも平気だった。ここで食いだめしておかないと、栄養補給はおぼつかない。貧しい探偵助手と苦学生に明日という日はないのだ。

ベルトをゆるめた剣崎が、やっと真っ当な意見をのべた。

「ぼくと乱歩はこれまで相棒として情報を共有してきた。だから桜子も仲間になったからには、君の持ってる秘密のカードをぼくたちに渡してくれないか」

「遠まわしなのでよくわからないわ。ケン、はっきり言ってよ」

「そうだな。ぼくたち二人が追っている梅宮議員について、君が知ってることを洗いざらい話してほしい」

「いいわよ、ぜんぶ話すわ。昔から梅宮さんのことは好きじゃないし。彼は若手議員のころからうちの和江おばぁさまと親密だった。でも最近は不仲になって手を切った。梅宮家にトレードした運転手が行方不明になり、信用できなくなったらしいわ。その後、おばぁさま愛用の古椅子から松崎達也の死体が発見されたしね」

黙っていられなくなり、俺は横合いから口をはさんだ。

「そこから先はオレに話させてくれ。もしかしたら死体入りの古椅子の廃棄をうちのオヤジに依頼したのは、君ではなく祖母の和江さんだったのじゃないのか。ご本人は何日も前から箱根温泉へ行ってアリバイをつくり、なにも知らない孫娘をうまく使って『人間椅子』を搬出させた。ケン、どう思う？」

「かなりいい線いってるよ。君のオヤジさんは捜査一課の元刑事だし、殺しには慣れてる。死体を発見すれば本能的に真犯人を突きとめようとするだろう。梅宮議員に疑心を抱いた和江さんは、そう考えて行動に移したのかもしれない。でもさ、ぼくの横で桜子がそれはちがうと首を横にふってる」

「乱歩、考えすぎよ。前にも言ったでしょ、私は貧困家庭のお宅におカネをまわそうと思って廃棄処分を依頼したの」

あっさりA子に打ち消されてしまった。

それでも俺は自分の妄言を捨て切れず、こんどは感情論で食い下がった。

「うちのオヤジはずっと梅宮議員のことを疑ってた。刑事をやめた原因もそこにあったような気がするし」

「それも調査済みだよ。君の父親と梅宮は地元中学の同窓生だった。二人はいさかいが絶えず、高校進学の際に喧嘩別れしたようだね。それぞれ刑事と代議士になったあとも火花を散らしていた」

「そこまで調べてンのか。オヤジと梅宮は昔から仲が悪かったんだな」

やっと腑に落ちた。

留置所のオヤジがよこしたトイレットペーパーの切れはし。あのチープな暗号文書は、やはり梅宮議員のことをさしていたのだ。

さらに深読みすれば、高杉和江をふくめた三人は旧知の仲だったとも考えられる。同じ谷根千で生まれ育った男女が、数十年の時を経てからみ合っている姿はもどかしい。どこかしら滑稽《こっけい》にさえ映る。

俺の気持ちを察した相棒が、なぐさめるように言った。

「乱歩、あまり気にすンなよ。大人のやることは少年少女にゃわからないよ。ま、ぼくも二十歳の大人だけど」

「残念ながら、うちのオヤジはいくつになっても喧嘩っぱやくて子供っぽい。ドタバタ劇はご存じのとおりさ」

落とし穴に転げ落ちた荒川源太郎は、猟奇殺人事件の犯人として逮捕されてしまった。その様《さま》は、まさに黒蜥蜴の罠にはまった名探偵明智小五郎のごとくだった。ただし、うちのオヤジは行く道をまちがえた迷探偵のほうだけど。

そして、起訴寸前にからくも無罪放免となった。しばらく竹下弁護士の別荘でおとなしくしていたが、迷探偵は性懲《しょうこ》りもなく反転攻勢と称して箱根へとむかったのだ。孫娘のA子によれば、温泉宿に押しかけたオヤジは熟女の高杉和江さんと意気投合したらしい。それどころか二人で酒を酌み交わし、すっかり気に入られて時給一万円のボディガードとして雇われたという。

どう考えてもおかしい。

本来なら門前払いのはずだ。

それなのに客室へ迎え入れられ、梅宮議員の身辺調査まで依頼されている。二人の親密ぶりからして、昔なじみとしか思えない。

それとも行きずりの危険な火遊びなのか。

たしかに剣崎が言うとおり、大人たちのやることは若輩者《じゃくはいもの》には理解できなかった。

男たちのこむずかしい話にすっかり飽きたらしい。エースきどりのA子がいらだち気味にせきたてた。

「満腹だしさ、偵察がてら谷中の梅宮邸を三人で見まわろうよ。さ、いそいで」

「ゴチになりました」

俺と剣崎が一礼すると、金主が伝票を手にとって席を立った。

先に店外へでた俺たち二人は手短に話を合わせた。

「いいか、ケン。彼女は何をしでかすかわからない。そこンとこよろしく」

「わかってる。君もあまり桜子には深入りするなよ」

剣崎に注意されたが、俺はもうどっぷりと深みにはまっていた。

寺社に沿った谷中の遊歩道は風情がある。白塀ごしに葉桜の枝先がのびていて、風の匂いもいっそう清涼感にあふれている。

活発な野球少女が跳びはねるように三歩前を進んでいく。

冒険心に富んだA子は本日の探索をだれよりも楽しんでいる。だが、赤いホットパンツはやはり人目をひく。すれちがった谷中散歩の老人グループが、みんな目を大きく見開いてふりかえっていた。

剣崎が俺の脇腹を軽く小突《こづ》いた。

「おい、まずいよ」

「そうだな」

これでは目立ちすぎる。とてもワンブロック先の梅宮邸に近づけない。要人警護のSPらに目をつけられ職務質問されてしまう。俺たち二人は目配せして足をゆるめ、前を行くA子との距離をとった。

折悪《おりあ》しく、細い横道から国産の中型車が三崎坂《さんさきざか》へ走り出てきた。

そばにいる相棒が舌打ちした。

「チッ、あの車は梅宮議員のものだ。ハッキングして調べたからまちがいない」

「知ってるよ。表玄関に通じる広い私道は閉ざされ、二年前からなぜか屋敷裏の小道を車道として使ってやがる。たぶん警察の捜査を遮断するためだろう」

「あっ……」

剣崎が前方を指さした。

見ると、A子が両手を広げて車の前に立ちふさがっていた。まったく彼女のやることは無鉄砲だ。

血相を変えたSPが助手席から降りてきた。俺と相棒は身をすくめ、遠くから成り行きを見守るしかなかった。

最悪の状況はわずか十秒後に好転した。

後部座席のサイドウィンドウがひらき、顔をのぞかせた梅宮議員が笑顔のA子になにやら話しかけたのだ。警護のSPも笑みを浮かべて助手席へもどった。そして車は何事もなかったように三崎坂を下っていった。

俺たちが駆け寄ると、A子が手柄顔で言った。

「梅宮のおじさまとは顔見知りだし、親睦会に招待されちゃった。五月五日の『こどもの日』に地元の後援者や子供たちを招待するんですって。私と同行すれば、梅宮邸の内部はかんたんに調べられるわよ」

「君って……」

ついさっきまで災いをまきちらす疫病神かと思っていた。だが、その実体は幸運を呼び寄せる勝利の女神かもしれない。

無垢な野球少女が、ご自慢の赤い野球帽をきっちりとかぶりなおした。

「どう、私って最高でしょ」

反論の余地はない。あれほど厳重だった梅宮邸の門を、A子は作り笑顔一つで簡単に押しひらいたのだ。

親睦会の招待客にまぎれたら、屋敷内を隅々まで探索できる。

法務大臣邸を家宅捜索！

起こり得ないことを成就させるのがA子の底力らしい。望みどおり、全米女子プロ野球のテストに合格して育成選手にもなっている。梅宮議員を追い落とすぐらい、財力と実行力を兼ね備えた彼女にとってはたやすいことなのだろう。

無敵の彼女が思うようにならないことはたった一つ。

それは俺の若年性健忘症。これほど親密になっても、いまだにA子との最初の出会いがどうしても思いだせない。

バカは病《やまい》だ。とくにスポーツ界に蔓延《まんえん》していて伝染しやすい。と言うより、俺自身が病原菌じゃないかと思えてきた。せっかく想いを寄せてくれている美少女がいるのに、二人の大切な想い出はよみがえってはこなかった。


探索の成果は充分にあった。

A子のとっさの行動が功を奏した。梅宮議員の自家用車を、彼女が通せんぼしたおかげで親睦会に招かれることになった。

何日も徹夜で梅宮邸を見張っていた俺は空振りに終わり、ピンチヒッターのA子がまぐれ当たりでホームランを打ったのだ。くやしいが拍手を送るほかはない。何をやっても中途半端《ちゅうとはんぱ》な俺とは、持って生まれたセンスがちがうらしい。

けれども、A子と一緒にいると気疲れしてしまう。ぐずる彼女をどうにか千駄木の高杉邸まで送りとどけ、相棒と二人でD坂の自宅へもどった。

オヤジはまだ舞い戻ってきてはいない。特命捜査とか称し、きっと温泉宿で酒におぼれているのだろう。妖しげな黒蜥蜴に骨抜きにされないことを祈るばかりだった。

一階の事務所で、俺と相棒はこれまでの流れを再検討してみた。

木椅子にすわった剣崎が口火を切った。

「乱歩、こっからは二人で腹を割って話そう。まず明智先生の存在だけど、はたしてぼくたちの味方なのだろうか。言動が極端で信用しきれないンだけど」

「たしかにケンに対しては冷淡だよな。でも、こうは考えられないか。天才ハッカーと認めてるから監視の目を怠《おこた》らないと。オレとあんたを停学処分にしたのも、自由時間をあたえてS字坂のひき逃げ事件を解決するためだと」

「かもな。天真爛漫な桜子を仲間に引き入れたおかげで、真犯人とおぼしき梅宮議員にも肉薄できたし。なんとか事件解決の道筋が見えてきた」

「それに明智先生の野望は、やたらスケールがでかい」

思わせぶりに言うと、詮索好きな相棒が食いついてきた。

「早く聞かせろ。あの女はいったい何をたくらんでる」

「いずれ日本初の女性総理大臣になるってさ」

生きの良い新情報《ネタ》を、ポンと剣崎の胸元へ放り投げてやった。数瞬後、事務所内にブラックハッカーの静かな笑声がひびいた。

「クッフフ、ぼくの負けだ。彼女が本気でそう思ってるのなら手伝うしかないな」

「そっちこそ本気かよ。いつも明智先生に突っかかっていたくせに」

「それは、ぼくも同じく彼女の実力を認めてたからだよ」

「すなおじゃねぇな。頭の切れる連中は」

たがいに心理戦をくりひろげ、心をゆるすまでに時間を要する。もし本当に相手が嫌いなら痛罵もしない。黙って無視するだろう。

よく考えてみれば、少年院上がりの剣崎亮を谷根千高校へ迎え入れたのは当の明智先生なのだ。また学力ゼロの俺が学費免除の特待生にえらばれたのも、たぶん彼女の独断にちがいない。新任の女校長は即戦力の人材を求めていたのだ。

札付きのブラックハッカーにプロの探偵助手。

腕はたしかだが、どちらも挫折を味わっている。世間に背をむけた若者らをひろいあげ、明智先生は巨悪への戦いを開始したのではないだろうか。

もちろん、それが過大な期待だということはわかっている。

けれども、ここまできたら一蓮托生《いちれんたくしょう》。権力をふりかざす梅宮法務大臣の悪行をあばき、谷根千のかぐわしい情緒や下町人情をとりもどさなければならない。その手駒として働くことに異存はなかった。

「乱歩。これはぼくからの提案だが、探偵科の級友たちにも声をかけてみないか」

さりげなく相棒が言った。

クールな見かけとちがい、剣崎は意外に仲間意識がつよい。捜査から離れたクラスの連中を気にかけていた。

「理屈ばかりでクソの役にも立たねぇけど、『高校生探偵』は多いほうがいいよな」

「そう、あのトラブルメーカーの桜子だって大いに役立ってるし」

「そこが難点だな。彼女がアガサと顔を合わせたら……」

火花が散って修羅場《しゅらば》になることは必定だ。

それにスパイ疑惑のかかった平林幸助の処遇も問題だった。ヒラリンは二派に分かれたクラス内を渡り歩き、両方から情報を集めて明智先生に報告していた。また大中小トリオも正体がはっきりしていない。

年下の俺に、成人の剣崎が教え諭すように言った。

「小異を捨て、一致団結するのが大切だよ。いまがその時期だと思う」

「わかったよ。明智先生が日本初の女性総理をめざすというなら、このオレたちも日本初の『探偵科』の第一期生だしな。目的にむかって猛進するしかねぇよ」

「善は急げだ。そろそろ下校時間だし、ヒラリンにメールしてみる」

「クラスのまとめ役はコウモリ野郎しかいないしな」

俺は笑って同意した。

ヒラリンのスパイ疑惑について、あえて剣崎には伝えなかった。聡《さと》い相棒は状況を知った上で、クラス全員を受け入れようとしているようだ。ポッケからスマホをとりだし、手早くショートメールを送った。

すぐに返信があった。剣崎が右指を丸めてOKサインをだした。

「乱歩、みんな来るってよ」

「たぶん連中は空席だらけの教室でヒマを持てあましてンだろ」

「少し時間があるから、最終局面を二人で詰めておこう」

「そうだな。A子の奮闘で真相解明の門はひらいたし、あとは物的証拠のシルバーのベンツを発見するだけだ」

軽く言ったが、じつはそれがいちばんむずかしい。

S字坂の事故現場から逃げ去った大型車は、不忍通りに出たことまではわかっている。だが、その後の逃走経路が不明だった。

車道を右折すれば交番があり、左折すれば根津警察署がある。事故車が検問に引っ掛かれば即逮捕となっていただろう。また少し右にずれた直進道路をまっすぐ行けば、谷中墓地の石塀にさえぎられてしまう。

つまり逃走路はどこにもないのだ。

一つだけあるとすれば、ひき逃げ犯の自宅が谷中墓地近辺に建っていて、そのまま事故車で入りこめる場合だ。

これらの要件を満たせる人物は、法務大臣の梅宮大吉しかいなかった。

小学生をひき殺したシルバーのベンツは、きっと梅宮の屋敷内に隠されている。俺たち二人の意見は一致していた。

剣崎が表情をひきしめた。

「その前に、梅宮議員のアリバイを崩すことが先決だな」

「そこはオレの手には負えない。ケンにまかせるよ。大物の秘密を探り出すのがブラックハッカーの本懐だろ」

「事故当日の夜、梅宮議員は赤坂の料亭で総理と会食となってるが、こまかく時間をしぼればアリバイは破たんするかもしれない。日本国総理大臣の行動は一分単位で記録に残されてるから、今夜にでも所轄官庁にハッキングしてみる」

「おい、大丈夫か」

「大丈夫なわけないだろ。こんど逮捕されたら完全にアウトだよ。心配すンな、一人で行動するのがハッカーの美学だ。パソコン初心者の君をまきぞえにはしないから」

年上の相棒は、この俺を守ろうとしていた。剣崎亮は根っからのアウトサイダーだ。たった一人で国家権力に立ち向かう気概を示してくれた。

「ありがとよ、ケン。こうなればゴールデン・ウィークの五月五日が勝負時だ」

「さっき桜子が三年ぶりの親睦会と言ってたろ。気になるから梅宮邸の移り変わりを調べてみよう。まずは三年前に撮られた都内の航空写真を探しだすよ。すぐに済むから、オヤジさんのパソコンを借りるぜ」

「まるでカメとウサギだな」

俺は苦笑した。足で調べる探偵は数日がかりだが、指先一つのハッカーはどんな難題も数分で解いてしまう。

剣崎はオヤジ専用の椅子にすわってパソコンをｏｎにした。

機能を熟知しているブラックハッカーは、なんと一分足らずで目的物をみつけだした。

青い液晶画面に谷中九丁目の梅宮邸が表示された。目をこらすと、南側の表門に通じる広い私道が映っている。

「この道幅なら大型車のベンツも出入りできるな。捜査の目をふさぐため、梅宮議員は私道を台東区にゆずって児童公園に造り替え、逃走車の通路を消したんだ」

俺の指摘を受け、剣崎がパソコンをすばやく操作した。すると屋敷内の日本庭園が一気に拡大された。

「見ろよ、乱歩。三年前の航空写真には屋敷内の大きな池が写ってるだろ。ところが今年更新された梅宮議員のホームページを見ると……」

ハッカーの指がすばやく動く。

こんどは画面がホームページに切り替わった。

「あっ、池がない」

「そう。池が埋められ、日本庭園がぜんぶ緑の芝生に変わってる」

「ここだ！」

俺たちは快哉《かいさい》を叫んだ。

終章　《パノラマ島綺譚》

青春の半分は妄想で成り立っている。

二人の美少女が一人の男子をめぐって恋の火花を散らす。そして、その男子は自分なのだ。権力をふりかざす悪徳政治家の正体をあばき、世の喝采をあびる名探偵。その若き名探偵もまた自分だとしたら……。

これぞ妄想以外のなにものでもない。だが、こんなに身勝手で心地よい展開が本当に俺の身に起こりつつあった。

けれども、あくまでそれは（仮）だった。

手にした吉札が、いつ凶札にひっくり返ってもおかしくない。現に一人目の野球少女は、自分の夢をかなえるため渡米しようとしている。二人目の金髪少女は喧嘩相手だし、俺を嫌っているかもしれなかった。

ＳＰに警護された悪徳政治家も簡単には倒せないだろう。国家権力の中枢にいる法務大臣を、逆に裁きの場に引きずりだすのは至難の業《わざ》だった。

それができるのは無鉄砲な若者たちだけだ。

昨日、探偵科の級友らが団子坂探偵局に勢ぞろいした。クラス委員のアガサもふくれっつらでやってきた。そして課題の『S字坂の殺人事件』について話し合い、早期解決にむけて一致団結することを誓い合った。

翌朝九時、俺は人待ち顔で六義園《りくぎえん》の表門に立っていた。

都立公園の六義園は、中国の詩集『詩経《しきょう》』の六義から名づけられたという。しかし、無学な俺は詩経そのものをよく知らなかった。

謂《い》われは知らなくても、子供のころから園内の花々には季節ごとにふれてきた。春先にはしだれ桜が咲き乱れる。夜になると満開の桜がライトアップされ、多くの外国人観光客らが訪れる観光スポットになっていた。

八万八千平方メートルほどもある広大な敷地は、市民ランナーたちの絶好の周回路だ。六義園の塀外を一周すればけっこうな運動量になる。

今朝ここへやってきたのは風雅な庭めぐりではない。A子と一緒に外周をジョギングするためだった。

定刻どおり九時に表門がひらいた。早朝から待っていた人々が、行儀よく一列になって表門をくぐっていった。

しかし、この世には定刻や行儀とは無縁の者もいる。

気まぐれなA子は、約束より二十分ほど遅れて待ち合わせ場所にやってきた。

「乱歩、どうしたの。ダルそうな顔してるけど」

A子はまったく悪びれた様子がなかった。トレードマークの赤い野球帽をかぶり、健康的な白い門歯をみせていた。

この場で文句を言ってもはじまらない。彼女は雇い主であり、こっちはバイトの身の上だ。気まぐれな女主人を相手にキャッチボールやジョギングをこなし、生活費を稼がなければならない。

俺は無難な返事をした。

「いや、ちょっと夜遅くまで調べ物をしてたから寝不足なんだ」

「ウソばっか。昨日私と別れたあと、自宅でアガサと会ってたでしょ」

「えっ、だれがそんなことを……」

A子の声調がさらにきびしくなった。

「昨晩、平林くんから連絡があったの。団子坂探偵局に行ったら、乱歩とアガサが親しげに密談してたって。どうゆうこと、この私と二股かけてるの」

「いや、そのう、密談じゃなくて単なる話し合いだよ。それにヒラリンの情報はほとんどガセネタだし」

悪いことは何もしていないのに、しどろもどろで弁明する羽目になった。

クセのすごい密告野郎め！

平林幸助はダブルスパイどころかトリプルスパイだ。やはり頭の良いヤツは一筋縄ではいかない。俺とアガサの口喧嘩を明智先生へ密告したかと思えば、こんどはちゃっかりと高杉家の令嬢にも取り入っていた。

いつだってA子は気持ちの切り替えが早い。

「わかった。乱歩の言うことを信じる。アガサなんて目じゃないし」

「そうだよ。野球少年が好きなのは野球少女と決まってる。さ、トレーニングを開始しようぜ。ピッチャーは走ってなんぼだろ」

「うん。少しストレッチしたあと、ゆっくりしたペースで走りながら話そうよ」

屈託なく言って、A子は軽めの屈伸運動をはじめた。

この際、ちゃんと確かめておきたいことがあった。機嫌をなおした野球少女に、俺はつとめて自然な口調で問いかけた。

「五月五日の親睦会のことだけどさ、これまで君は何度も行ってるんだろ？」

「小学生のころ、和江おばぁさまに連れられて二度ばかり梅宮邸を訪れたわ。でも、ここしばらくはアメリカのジュニア・ハイスクールに通ってたから様子は知らないけど」

「たしか大きな日本庭園があるよね」

「そうよ。行くたびに池の鯉にエサをあげてた」

「なら、その池の水深や大きさは……」

あせって、声が大きくなってしまった。幸い大ざっぱなA子は気にもとめず、ストレッチを続けながらこたえた。

「けっこう深くてさ、鯉が潜ると姿が見えなくなった。たぶん私の背丈ぐらいね。大きさは和室の十五畳ていどかな」

「ビンゴ！」

「えっ、なにか当たったの」

「いや、君の柔軟体操がすっごく目に痛くてさ。ハートにグサリときた」

うまくはぐらかし、俺は心の中で喜びをかみしめた。

長身のA子の背丈は百七十センチ近くある。ベンツの全高は百五十九センチていどだ。また十五畳もの広さなら、でかい外車もすっぽりと囲いこめるだろう。池をつぶして土をかぶせ、二年もすれば地表は青々とした芝生に覆われる。

オレと相棒が導きだした大胆な推論は当たっていた。事件現場から逃走したシルバーのベンツは、いまも梅宮邸の庭に埋まっているのだ。

だが、喜びを長くは保てない。

法務大臣邸の庭を掘り返すなんて不可能だった。そこをクリアしないかぎり、証拠物件のベンツは地中に埋もれたままになる。万が一、掘り起こして何も出てこなかったら、俺たちは逆に警察に捕まってしまうだろう。

先行きを考えると、不安要素のほうが強くなってきた。

こんなとき、明るい野球少女がそばにいてくれると楽観的になれる。

「乱歩。いつもは三周だけどさ、今日は五周にしよう」

「OK。負けたほうがコンビニのアイスキャンデーをおごる。男女差のハンデは無し、それでいいかい」

「よーいドンッ」

勝手に自分で号令をかけ、A子が先にスタートした。

備品をリュックに詰めるのに手間取り、俺は三十秒遅れで走りだす。俊足の彼女はすでに二百メートルほど先を行っていた。

午前九時前後はジョギングの空白時間だった。学生らは登校しているし、市民ランナーたちの大半は出勤途中だ。歩道ですれちがう人も少なく、俺たち二人は風薫る六義園の外周を疾走した。

一周したあたりでやっと追いついた。

「速すぎるよ。ゆっくり走ろうと言ってたじゃないか」

「私にとっては、これがスローペースよ」

「あいかわらず負けず嫌いだな。あとで五十球の投げこみもあるンだしさ、オーバーワークは禁物だよ」

朝のジョギングは、俺にとってリハビリも兼ねている。

野球への夢を捨てたわけじゃない。

右肩さえ治れば、一日でも早くピッチャーマウンドに立ちたい。野球仲間と泥まみれになって汗を流したい。こうしてA子と共に走っているのも、下半身をきたえ直したいという思いがあったからだ。

並走するA子が話しかけてきた。

「どう、肩の調子は」

「おかげさまで順調だよ。毎日走ってると血流がよくなって右肩の痛みがやわらいできてる。キャッチボールの返球も効いてるかもな」

「私はさ、探偵助手の乱歩より速球投手の乱歩が好き」

「わかってる。他人の汚い裏面をさぐる探偵なんてクソだよ」

俺は話を合わせた。すると、A子の口から本音がこぼれでた。

「正直言って、事件を追ってるあなたは野良犬みたいで見てられない。くらべちゃいけないけど、最近は大リーグで活躍中の大谷翔平選手に目移りしてる」

「投手と打者の二刀流か。できるヤツは何でもできるんだよな」

「できない人は何一つできない。ううん、乱歩のことを言ってるわけじゃないのよ」

言ってるだろ、本人を前にして。

俺のプライドは大いに傷ついた。全米女子プロ野球の育成選手になったA子にとって、少年野球の元エースピッチャーなんぞは格下だろう。

とても憧憬の対象にはなれない。

俺のA子への想いはしだいに深くなったけれど、相手の気持ちが比例しているとはかぎらない。と言うより反比例していた。

比例と反比例の使いかたはこれで合ってるのか？　中一の数学でつまずいた俺はまるで自信がなかった。

どのみち、故障者リストに載った選手は戦力外なのだ。

奇蹟を見たとき人は何と叫ぶのだろう。

たとえば東京上空に突如《とつじょ》あらわれた十四色の虹とか。七色の倍もあれば、感動は二乗されて四十九倍！

二乗の使い方はこれで合っていると思う。とにかく大事なことは、俺のこわれた右肩がいつの間にか快復してたってこと。

荒川の橋脚下でA子に声をかけられた瞬間、俺の運命は急変したらしい。どん底からよみがえったのだ。気がつけば探偵科のリーダーとなり、トレーニングをかさねて右肩も奇蹟的に完治した。

また探偵科の連中と親しくなり、天才ハッカーの剣崎とも相棒になれた。

異性に対する妄想もけっこう現実味をおびてきた。名無しのA子を筆頭に、青い瞳のアガサ、露天商の娘のナオミも微妙にからんでいる。これまで女っけのなかった俺には、天から授《さず》かった幸運というほかはない。

そういえば、酔ったオヤジがいつも愚痴っていた。

『人が持っている運の量は同じだ。一時は俺もすべてがうまくいってた。美しい女房を娶《めと》って長男のおまえが生まれた。警視庁に勤めてからも検挙率ナンバーワン。だがな、警視総監賞を授与された夜に、女房はおまえを置いて家出しちまった。仕事にかまけて家庭をないがしろにした罰だ。人生は六勝四敗ぐらいがちょうどいいんだよ』

酔っ払いの話なんかいつも聞き流してる。父子でいくら泣き言を並べ立てても、けっして母親は戻ってこないことを知っていた。

そして、勝機をつかんだら絶対に手放してはいけないことも知っている。

あと一歩だ。俺自身のことより、今は探偵科の仲間たちと共に課題を果たすほうが大事だった。梅宮議員が必死に隠ぺいしてきたひき逃げ事件は、しだいにほころびを見せはじめていた。

A子が仲間に加わったことで、潮目が変わったことはたしかだ。

ご本人はまったく自覚していないが、大物政治家と真っ向から対決できるのは高杉家の跡取り娘しかいない。

無敵の少女の背後には、梅宮議員の最大の後援者だった高杉和江さんがひかえていた。また実父が経営する『町山ファンド』の資金力も絶大だ。

団子坂探偵局のインターホンが鳴った。

夜の訪問者は女と決まっている。女性たちは概して時間の観念が薄い。平気で刻限を破るし、自分の都合を優先する。

案の定、ことわりもなく中年女性がするりと事務所内へ入ってきた。スーツからハンドバッグにいたるまで、高級ブランド品に身をつつんでいた。

「あ、明智先生……」

探偵科の担任教諭が訪ねてくるなんて予想だにしていなかった。私服は思いのほかゴージャスだった。

木椅子にすわったまま、俺はペコリと頭をさげた。

小気味よいハイヒールの音と共に明智先生が近寄ってくる。それから、例によって冷徹な声をひびかせた。

「乱歩、そのまま楽にしてて。話は四、五分ですむから」

「こっちこそ中間報告が遅れてすみません」

「クラス委員のアガサや、優等生きどりのヒラリンから情報はちゃんと上がってきています。課題の『S字坂の殺人事件』は進展があったそうね。真犯人として地元の梅宮議員が浮かび上がったとか」

「ええ。明智先生の狙いどおりですよ」

相棒の剣崎をまねて皮肉っぽい口調で言った。

当然、歴戦の鉄仮面に軽くあしらわれた。

「そんな嫌味は、直球勝負のあなたには似合わないわよ。梅宮議員の親睦会へ参加するとか言ってるけど勝算はあるんでしょうね」

「勝ち負けなんか気にしてない。猛進するのみだよ」

「物的証拠やアリバイ崩しはどうなの。それがないと空振りにおわる」

「この場では言えないな、たとえ明智先生であっても」

「そうよね。でもあなたは私の本意を知ってるンでしょ。巨悪を倒し、これまでの古い政治を一新するってことを」

「言い換えれば、梅宮法務大臣が逮捕されて議員資格を失うこと。そしてご自身が東京三区の補選に政権与党から立候補し、彼の地盤を奪い取ることですよね。それが女性総理誕生の第一歩となる」

「十数年後にその地位に立った時は、真っ先に有能なあなたを総理官邸に迎え入れる」

「えっ、このオレが筆頭秘書官ですか」

勢いこんで尋ねると、冷たい瞳ではねかえされた。

「いいえ。身辺警護のＳＰとして」

「なるほど、分《ぶん》を知れってことスか」

妙に納得した。

人には持ち場ってもんがある。勉強嫌いの俺が、今後一流大学を卒業してエリートコースを歩んでいるなんてあり得ない。たぶんオヤジのあとを継ぎ、この団子坂探偵局でくすぶっているはずだ。

もしくは体力と闘争心を生かし、警官になっているかもしれない。女性総理付きのSPに抜擢されたら、子犬みたいに尾をふって彼女の身辺を走りまわることだろう。

だれもが妄想の翼を広げている。

それが人間の特権だ。野球少女のA子は、全米女子プロ野球選手になるという夢をかなえつつあった。愛《いと》しの『プリティ・リーグ』が半世紀ぶりに再開されるなんて、夢というより妄想に近いだろう。

明智先生の妄想はもっと重症だ。十数年後、一介の校長が日本初の女性総理大臣になるなんて、どんな政治評論家も予想できない。

だが二人は着々と地歩を固めている。A子は球団の実技テストを受けて育成選手となり、明智先生も梅宮議員の追い落としを謀《はか》っていた。

それだけではない。俺の周囲にいる連中は、どいつもこいつもクセがすごい。その様は、まるで江戸川乱歩の傑作『パノラマ島綺譚』に出てくる奇っ怪な登場人物のごとくだった。

妄想に取り憑《つ》かれ、自分の理想郷を創り上げようとする姿は、日本の最高権力者をめざす明智先生の生き方に酷似していた。

未来の女性総理がずばりと言った。

「五月五日にあなたと剣崎の処分が決まる」

「梅宮議員の親睦会の日に……」

「難局を克服できるかどうか、二人の奮闘ぶりを拝見するわ。その結果しだいで、復学か退学かを決定します」

そう言い置いて明智先生は足早に団子坂探偵局から出ていった。スゥーッと室内の冷気が薄まり、どうにか俺は心のぬくもりを取りもどした。

古い柱時計に目をやると午後八時八分。

縁起の良い末広がりのゾロ目だ。そして明智先生と入れ替わるように、しぶい中年紳士が部屋に入ってきた。

「……オヤジ」

久しぶりに見る父親は見違えるほど爽《さわ》やかだった。

背広も新品だし、きれいさっぱり無精ヒゲも剃っている。うらぶれた酔いどれ探偵の面影はどこにもなかった。

「待たせたな、乱歩。目鼻がついたので帰ってきた」

「親のくせに子供に心配をかけすぎだよ。『人間椅子』の事件で容疑者として警察にしょっぴかれ、やっと釈放されたと思ったら竹爺の別荘へ行って海釣り。次は独自捜査とか言って、軽トラに乗って箱根へ遠出しちまうなんて」

安心したせいか、俺は父親への不満をぶちまけた。

紳士づらのオヤジが余裕ありげに言った。

「もちろん手ぶらで帰ってきたわけじゃない。『人間椅子』の怪事件について新情報をつかんだ。温泉宿で高杉和江さんからじっくりと話を聞いたからな」

「その件は孫娘から知らされてるよ。二人は気が合って飲み友達になったって。たぶん、その高そうな背広も和江さんに買ってもらったンだろ」

「まぁな。でも、こっちからすり寄ったのは彼女からの証言を引き出すためだ。おかげで事件の細部が見えてきた。いわくつきの高価なアンティークの革椅子は、二年前に梅宮大吉が高杉家に進呈したものらしい。ベテラン運転手をゆずってもらった返礼としてな」

「その運転手が革椅子の中に潜み、高杉家の孫娘に接触しようとしたんだね。オヤジの敬愛する江戸川乱歩の『人間椅子』のように」

「元使用人だしな、松崎達也は合鍵を作っていて自由に高杉邸へ出入りできた。だが椅子の背面の空気孔が小さすぎたようだな。不審死なので司法解剖されたが、やはり死因は窒息死だ。そして死後五日前後という検死結果だった」

俺は納得しきれなかった。

検死結果は窒息死だとしても、あの『人間椅子』に空気孔は見当たらなかった。そのことは革椅子の背面をこの手で切り剝がした俺がいちばんよく知っている。

きっと何者かが空気孔をふさいだのだ。

もしかすると、その人物は祖母の高杉和江かもしれない。最悪のケースだと孫娘のA子という可能性もあった。あるいは、しつこく付きまとうストーカーを老執事が処断したとも考えられる。

だが俺の動物的直感にしたがえば、やはり革椅子の贈り主が怪しい。ひき逃げ事件の裏面を知りすぎた運転手の口を、梅宮議員が封じたんじゃないのか。

「梅宮大吉とオヤジは中学の同窓なんだろ。しかも仲が悪かった。留置所からオレによこしたトイレットペーパーには、爪で梅の花弁と鳥居が記されていたしね」

「腐れ縁かもな。級友の梅宮は昔から悪賢《わるがしこ》くてテストではカンニングばかりやってた。しかも手ぎわがいいからバレたことは一度もない。大学を出たあとは議員秘書となり、なしくずしに東京三区の地盤をゆずりうけた。その後の出世ぶりは知ってのとおりだ。収賄容疑で捕まりかけた時も、自殺した議員秘書に責任を押しつけて逃げきった。そんな悪行を、俺は警視庁を退職したあともずっと監視してきたんだ」

「そこまでするからには理由があるんだろ」

「その自殺した秘書ってのが、俺が可愛がってた高校の野球部の後輩なんだよ。黙って見過ごすわけにゃいかない」

「……弔い合戦か」

たしかに腐れ縁というほかはない。人の生死に関わることなら、オヤジの執念もわかる気がする。野球部の後輩やお抱え運転手、ひいてはS字坂でひき逃げされた小学生まで死者の群れはつながっていた。

その闇底には、きっと梅宮大吉が潜んでいる。

「乱歩。そっちの調査状況はどうなんだ」

「ちょうどよかった。これから軽トラでオレに付き合ってくれよ。相棒の剣崎から連絡があって、梅宮議員の足どりを再調査しなきゃならないし」

「もっとくわしく話せ」

「二年前の四月十三日。夜九時過ぎにS字坂で小学生が外車にひき殺された。シルバーのベンツを運転してたのは、風体からして松崎達也じゃなくて梅宮議員と思われる。ちゃんと目撃者もいるけど、物的証拠が見つからないと表にゃ出せない」

「つまり、ヤツは二件の殺しに手を染めてるってわけか。くそっ、ゆるせねぇな」

功をあせるオヤジが身をのりだしてきた。

俺は少しなだめるような口調になった。

「いや、ハードルは高いよ。四月十三日の夜、梅宮議員は赤坂の料亭で首相と九時過ぎまで懇談してたしね」

「アリバイは完ぺきだな」

「なので梅宮議員の当夜の動きを再現というか、実際に軽トラで追ってみようよ。一分単位で調べていけば、どこかに抜け穴があるかもしれないしね。うまくいけばヤツのアリバイをくずせるかも」

「しばらく見ぬ間に腕を上げたな」

「いや、相棒の天才ハッカーが凄腕だからだよ。スプーフィングというなりすましのテクニックを使ってアクセスし、梅宮議員の事務所や首相官邸に侵入してさまざまな情報を盗み出してる。相棒が頭を使い、オレは足を使ってる」

「いいコンビだな」

「そう、オレたち親子もね」

笑って言うと、オヤジが照れくさそうに赤っ鼻を指先でこすった。

やはり捜査の決め手は現場検証だ。

しっかりと自分の目で確かめることにつきる。俺たちが事件当夜の梅宮議員の足どりを再調査したことで、思いがけぬ新事実が明るみにでた。

赤坂で首相との懇談を終えた梅宮は、料亭の駐車場から自家用車に乗って谷中の自宅へと帰ったらしい。

この件は半《なか》ば裏がとれている。剣崎が各省庁に不正アクセスし、法務大臣の当夜の動きをきっちりと調べ上げたのだ。

その一部だけとってみても、梅宮議員の罪の重さがわかる。

九時三分に赤坂の料亭出発。車種は愛車のベンツ。しかも運転していたのは、松崎達也ではなく梅宮本人だった。料亭だから、当然総理と酒を酌み交わしたはずだ。そうだとすると酒気帯び運転をしていたことになる。

この日だけではなく、いつものことだったのかもしれない。法務大臣の自家用車を検問する警官などいないだろう。

S字坂の事件直後、根津神社にいた相沢ナオミが梅宮議員を目撃している。そのあと現場から逃げ去ったシルバーのベンツは、谷中あたりで忽然《こつぜん》と消えうせたのだ。

ナオミが匿名で警察に通報したのが九時二十分。

港区の赤坂から文京区の根津神社まではかなりの距離がある。梅宮が料亭を出たのが九時三分だから、その間の所要時間は十七分足らずとなる。

そんな短時間で、とても到達できるとは思えなかった。

しかし、剣崎の調べでは可能かもしれないという。俺はオヤジの軽トラに同乗し、夜九時三分きっちりに赤坂の料亭前から出発した。

物事はやってみないとわからない。この時間帯は配達や通勤がとぎれて、都心の走行車が激減する。俺たちの乗った軽トラも驚くほどスムーズに進んでいった。いくつかの信号待ちをふくめ、本郷通りを右折してS字坂に着いたのは九時十八分。予想に反し、わずか十五分ほどで事故現場に至ったのだ。

これで梅宮議員のアリバイは完全にくずれさった。


五月五日は快晴だった。

梅宮邸の親睦会は正午から執り行われる。三年ぶりの開催なので、地元の支援者がたくさん集まることだろう。

俺と相棒は、縁起をかついで乙女稲荷で待ち合わせた。

最近の剣崎亮は見るからに好青年だ。孤独で性悪なブラックハッカーというより、やや正義寄りのグレーハッカーに変化しはじめた。しだいに仲間意識も強くなり、敢然と巨悪に立ち向かおうとしている。

「乱歩、調子はどうだい。いよいよ最終決戦の時がきたな」

「準備はできてる。あとはどうやってシルバーのベンツを見つけ出すかだ」

「まさに動かぬ証拠ってことだな。梅宮の愛車が庭園の池に埋められてることは確かだが、衆人環視の中で掘り起こすのは難しいよ」

「いや、みんなの見てる前で明るみに出すことが必要だ」

俺は力をこめて言った。

赤坂の料亭などで行われる密談とちがい、俺たち庶民が望んでいるのは公明正大な裁《さば》きなのだ。

青臭い考えかもしれないが、法の前ではだれもが平等のはずだ。たとえ法務大臣だろうが犯した罪は償《つぐな》わなければならない。

だが、ターゲットは大物政治家だ。ふつうに考えれば、探偵科の生徒が束になっても倒せる相手ではなかった。

やはり最後は神頼みしかない。

俺と相棒は賽銭箱に百円玉を放りこみ、本日の大願成就を乙女稲荷に祈った。ここは恋愛成就の神様だが、地元議員の悪行についてはすべてお見通しだろう。

「なんだか勝てそうな気がしてきたな」

「ケン、あんたが相棒でよかったよ。グレーハッカーの働きで、警察のゆるい捜査を追いぬき、梅宮議員を壁際まで追いつめることができた」

「グレーどころか、今じゃホワイトハッカーさ」

「そう、心の底まで真っ白だ」

「乱歩、君のおかげだよ。バカみたいに突っ走る年下の高校生探偵を見て、ぼくも真っ正直に生きていこうと思ったんだ」

「おい、バカは余計だぜ」

俺が笑ってつっこむと、相棒が鳥居の奥を指さした。

「見ろよ。御令嬢のおでましだ。従者まで連れてやがる」

低い鳥居をくぐって着物姿のA子がやってきた。その後ろには、執事の近藤さんがなぜか大きなゴルフバッグをかついで同行していた。

まさか梅宮邸でゴルフコンペでもするつもりなのだろうか。

俺はA子の真意を計りかねた。

今日の彼女は長い黒髪をアップに結い上げている。清楚な和装に薄化粧、どこから見ても深窓の令嬢だった。

だが、アメリカじこみのフランクな話しぶりはかわらない。

「乱歩、今日はバチッと決めてよ」

「わかってる。外角低めに快速球を投げこむさ」

「期待してるわよ。『人間椅子』の怪事件が解決しないと、警察に足止めされて渡米できないし。なにせ私は容疑者なんだもん」

「まかせとけ。『S字坂の殺人事件』と合わせ、一件まとめてきっちり決着をつけるから」

そうは言ったが、これといった妙案を持ち合わせてはいなかった。

シャーロック・ホームズのような思索的な名探偵とちがい、足で調べる下町の探偵は泥臭い。いつも出たとこ勝負だ。結果がどう転ぶか自分でも予測できない。乙女稲荷の霊験にすがり、卑劣な犯人に真正面からぶつかるほかはなかった。

年上の相棒が、さりげなく本日のプランを示してくれた。

「早めに行って屋敷内を探索しよう。梅宮議員を直撃するのは後回しだ。本筋は埋め立てられた池の位置を確認し、底に眠ってるシルバーのベンツを発見することだからね。それができるのは、消えた池の場所を憶えてる桜子だけだ」

「えっ、今日の主役は私？」

戸惑うA子に、俺はすぐさまハッパをかけた。

「そうだよ、君にしかできない。小学生のころ祖母の和江さんに連れられ、二度ばかり親睦会に出席したと言ってたろ。池の鯉にエサをあげたと」

「緋鯉だけでなく、きれいな黄金色の鯉もいたのよ」

「梅宮議員にとってはご自慢の日本庭園だったはずだ。池に大量の土をかぶせ、高価な鯉を犠牲にしてまでゴルフ練習用の芝生に造り替えるなんてあり得ない」

「でも、現実にはそうなってるンでしょ」

「すまないが、お宅のお抱え運転手だった松崎達也のことを訊かせてくれないか。数年前に梅宮家にトレードしたとか言ってたが、くわしい年月日を憶えてないかな」

「たしか二年前のゴールデン・ウィークの二週間前だったと思う。お抱え運転手が他家に移ったので箱根旅行に行けなくなったの。私はちょうど帰国中だったし、よく憶えてる」

「なら、その年の五月五日の親睦会は……」

「なぜか急に中止になったわ。祖母の話ではそれ以後も」

「ビンゴ！」

俺はパチンッと指鳴らしをした。

梅宮議員の怪しい動きは、すべてS字坂のひき逃げ事件に起因している。これで事故車のベンツが早々《そうそう》に池に沈められ、埋め立てられた確率が高くなった。あとはデカい証拠物件を、なんとかして芝生の下から掘り起こすだけだ。

A子が小首をかしげた。

「またそれ。今度はなにが当たったのよ」

「君の証言が見事に的を射抜いたってことさ。最後にもう一点、亡くなった松崎達也は運転がうまいだけじゃなく、土木工事用のショベルカーも使えると言ってたよね。とても役に立つ男だと」

「そうよ、なんでも屋さんだったわ。わが家の前庭の芝生も彼が植え替えたの。家具の修理も上手だったから、あの人間椅子も自分で細工《さいく》できたんでしょ」

「つまり、君のストーカーは……」

連動する二つの事件の本当のキーマンだった。

高杉家と梅宮家を自由に行き来する松崎が、『人間椅子』と『S字坂の殺人事件』を裏でつないでいたのだ。

梅宮議員の尻拭《しりぬぐ》いをするため、器用な中年男はショベルカーで池を埋め立て、一人で日本庭園を取り壊したようだ。その一方、高杉家の孫娘への執着が捨てきれなかったらしい。合鍵を使って侵入し、『人間椅子』の中であえなく窒息死した。

事故死か、それとも他殺なのかは断定できない。

わかっていることは、彼の周辺にいた者たちのだれもが動機があるという事実だ。秘密を握られている梅宮議員は松崎の口を封じたいだろうし、高杉家の人たちは陰湿なストーカーを罰したかったはずだ。

たぶん、たいした罪悪感はなかっただろう。小さな空気孔に黒い布テープを貼り付けるだけですむのだから。

俺は、ちらりとA子の背後に控える老執事に目をやった。

「近藤さん、さっきから気になってるんですけど。あなたが担いでるそのゴルフバッグは何ですか？」

「お嬢様から色々とお話を聞き、必要な物をバッグに入れてきました」

「これって……」

「そう。お探しの車が埋め立てられた芝生の下にあるのだとすれば、土を掘り起こすものが必要だと存じまして」

見ると、ゴルフバッグの中には小ぶりなシャベルや工具類が入っていた。

あまりにも手回しがよすぎる。やはり推理小説の鉄則どおり、忠実な執事こそ空気孔をふさいだ犯人だと思えてきた。

いずれにせよ、ストーカーは命を絶たれた。松崎達也のよこしまな恋情を知り、また真犯人の名を知っているのは、この地域の小社である乙女稲荷だけだった。

勝負しない若者は夢見るだけで終わっちまう。勝負をかけたって、たいがいは力不足で敗れ去る。

かまうもんか。俺は俺らしく未来にむけて猛進するだけだ。

決戦の地の梅宮邸へは徒歩で行くことにした。

気をきかせた剣崎が先導し、俺とA子は少し後をならんで歩いた。忠実な老執事はさらにうしろを付いてきている。

不忍通りにでると、明るい日差しに照らされて二人の影が重なった。

そばのA子が童女みたいにはしゃいだ。

「見てよ、乱歩。私たちが一つになってる」

「あ、ほんとだ」

「いつもあんたの後を追ってたしね」

「そうだっけ。いまはオレのほうが君の後ろ影を追ってるけど」

ふりかえれば、いつも影法師のように彼女がいた気がする。こんな風に親しく語らった想い出が切れぎれによみがえってきた。これもまた乙女稲荷の霊験なのだろうか。

やはり恋愛成就の神様は、迷える男女を救うほうが得意なようだ。でも心に大きな障壁があって記憶がまとまらない。好意を抱いた異性を前にすると思考回路が乱れてしまう。

スクールカウンセラーの真理恵先生が言っていたように、それは生き別れた母への根深い愛憎なのかもしれなかった。

ここで逃げては、忌《い》まわしい『マザコン』の症状は改善しない。それにこのまま放置すれば、A子はずっと名無しのA子だろう。意を決した俺は、わずかに開きかけた記憶の扉に手でふれた。

「ごめんな。こんな大事な時に変なこと訊くけどさ、オレたちの仲はいつごろから始まったンだろ」

「この谷根千で、四月四日に二人が生まれた時から」

「誕生日が同じなんて、何かあるかもな」

「私の恋愛観はすっごくベタなんだ。運命ってもんを信じてる。自分がお姫様で、長い眠りからめざめるとステキな王子様が……」

ベタというより少女趣味すぎる。

我慢できず、俺は手垢《てあか》まみれの童話に割って入った。

「文字どおり君は豪邸暮らしのお姫様だけど、オレは近所のボロ家に住む酔いどれ探偵の息子だよ。『白雪姫』に出てくる王子様とはちがう」

「そんなことないわ。私みたいな野球少女にとって、少年野球のエースピッチャーは白馬の王子様よ」

「あれっ、ちょっと待ってくれ。デジャブというか、オレたちは何年か前に同じ話をどこかでしたンじゃないかな」

「そう、荒川の岸辺であなたから聞かされた。幼いころ母と一緒に『白雪姫』のビデオを観ながら眠りについてたって。お母さんが挿入歌の『いつか王子様が』を歌ってくれたって」

「少し思い出してきたけど」

「きっと甘えん坊の母親っ子だったのね」

「まさか……」

母の顔も忘れたこの俺が、そのような話をしていたなんて驚きだ。

だがA子の言葉には真実味がある。現に俺の理想の女性は生身の存在ではなく、一貫して二次元の世界で生きる『白雪姫』だった。ずっと母親と添い寝していたので、しぜんに刷りこまれたのだろう。

そんな大事なことを明かした相手を思い出せないなんて！

俺の記憶障害は、真理恵先生の診立《みた》てよりもずっと重症だ。たぶん多感な思春期を通過しないかぎり完治しないだろう。

探偵科の課題を果たすことなんか探偵稼業の一部だ。俺にとって名無しのA子との修復のほうが切実な問題だった。

前を行く剣崎がふりかえった。

見ると、谷中の梅宮邸へ通じるせまい道路には長い列ができていた。

「おい、乱歩。すごい人出だぞ」

「意外と人気があるンだな」

「庶民は権力者に群がるものさ。とにかく中へ入ろう」

横合いから、老執事がスッと招待状をさしだした。

「どうぞこれをお使いください」

俺たち四人は列に並んで邸内へと入った。

やはり現法務大臣の親睦会は盛況だった。多くの招待客らが十二時前から集まっていた。こどもの日なので、近隣の小学生たちも親子連れで来ていた。館内の広い応接間で、梅宮議員が開催の挨拶を長々《ながなが》としている。

恰幅《かっぷく》のよい中年男は人生の高みに立ち、にこやかにふるまっていた。同級生の酒臭い赤鼻男とはえらい違いだ。

でも好ましいのは、断然うちのオヤジだけどね。

俺は相棒に目配せした。とかく政治家は話が長い。いまなら二十分ほど自由に屋敷内を探索できるだろう。

俺たち二人は客間を抜け出て、広縁から庭へ下りようとした。しかし、ゴルフ練習用の芝生では青い背広姿の男が四方に目を光らせていた。

軒陰で剣崎がそっと耳打ちした。

「乱歩。見ろよ、あの青服の男を。ぼくたちを樋口一葉の井戸端で襲った黒服だぜ。鼻脇の黒イボでわかった」

「グラサンを外すと、ふつうの議員秘書にしか見えねぇな。どうりで弱っちいはずだ。少年院帰りのあんたにぶっとばされてたっけ」

「油断するなよ、梅宮邸は完全アウェーだ。気付かれないように用心しろ」

「いや、もう遅い」

邸内の警備員たちが速足でこっちに近づいてくる。人数は三人。前回の襲撃失敗に懲りたらしく、それぞれ手には強力なスタンガンを握っていた。

俺と剣崎は相手がわに顔を知られている。入館した時から警戒され、動きを見張られていたのだろう。悪くするとスタンガンで気絶させられ、生きたまま二人まとめて地中に埋められてしまうかもしれない。

「待ちなさい！」

気合術めいた一喝《いっかつ》で、警備員らの足がとまった。

割って入ったのは高杉家の老執事だった。元プロ野球選手の身のこなしは、年をとっても身惚れるほど軽快だ。ゴルフバッグから小ぶりのシャベルを二本抜き取り、サッと俺と剣崎に手渡した。

親睦会で乱闘なんて好ましくない。先のとがったシャベルとスタンガンで渡り合ったら多数の重傷者が出てしまう。

なおさらまずいことに、高杉家の孫娘までが現場にしゃしゃり出てきた。

「そこで何してンのよ。みんな手はずどおりになさい。でないと、和江おばぁさまに言いつけますよ」

すると、何を思ったのか黒イボの男が愛想笑いを浮かべた。

「すみません。ちょっとした行き違いですので、なにとぞ和江様にはご内聞に」

「いいから、そこをどいて。というより、乱歩の指示に従って一緒に芝生を掘り起こしなさい。働きぶりがよければ、約束どおり父の経営する『町山ファンド』に高給で雇い入れてあげる。どうせ梅宮議員は失脚するんだし」

「わかっております」

「さ、早く。彼の長い演説が終わるまでに決着を」

A子の差配は見事だった。

たしかに本日の主役は彼女で決まりだ。無鉄砲のようでいて、A子の行動は意外と計算が行き届いている。全米女子プロ野球の選手になるため母と一緒に渡米した。そして新球団の実技テストに合格して育成選手となったのだ。

今回も事前に手をまわし、安月給で働く梅宮家の私設秘書たちの懐に〝より良い仕事〟をねじこんだ。

政治家はつぶしがきかない。法務大臣といえども失脚すれば無職だ。その下にいる私設秘書たちに見限られても文句は言えないだろう。

おかげで、そこから先は容易に進んだ。

「よしッ、掘り返すぞ」

A子の指し示す地点に、リーダーの俺がシャベルを突きたてた。

芝生のやわらかい土を五十センチほど掘り進めると、シャベルの先がカチッと固い異物にぶつかった。

「あった！　みんな手伝ってくれ」

俺の指示をうけ、青服たちが土まみれになりながら広範囲の芝生を掘り起こしはじめた。人を動かすのは、やはりカネだと実感した。『町山ファンド』社員の年収は、軽く一千万円を超えている。薄給の私設秘書らにとっては夢のような金額だろう。

良くも悪くも、かれらは勝負をかけたのだ。そして梅宮議員はもろくも敗れ去った。演説を終えた彼が、俺たちの前に姿をあらわした時にはすべてが終わっていた。

どんな怪事件も結末はあっけない。

本のページに限りがあるように、人の未来もパタンと閉じられてしまうものらしい。悪行を重ねてきた梅宮大吉は高転びに転んだ。

高杉家の女当主が、前もって地元の警察署へ連絡していたようだ。

事件を担当する刑事らが現場で待ち構えていた。大物議員をするどい眼光で制し、怒鳴りつけて任意同行を求めたのは、なんと俺が忌み嫌っていた坂本刑事だった。

「うるせぇ！　警察を甘く見るなよ。悪いことをすりゃ、法治国家の日本では総理大臣だってしょっぴかれる。法務大臣なんてずっと格下なんだよ」

いつ見ても坂本刑事の態度は横柄だ。だが警視庁捜査一課のベテランは、うちのオヤジと同じく仕事一筋の猛者《もさ》だった。

梅宮議員も言い逃れはできなかった。動かぬ証拠のシルバーのベンツが、露《あら》わになった池底に鎮座していたのだ。

なごやかな親睦会は、一転して法務大臣逮捕劇に変じた。

パトカーで連行されていく梅宮議員の背に、事情を知った近隣の住民らから罵声がとんだ。谷根千の地元民たちがどれほど亡くなった少年を悼み、ひき逃げ犯を憎んでいたかがはっきりとわかった。

あまりにもうまく事が運んだので達成感は薄かった。

考えてみれば、初めから難事件ではなかったのかもしれない。誰かが勇気を持って捜査すれば解決できたはずだ。でも、そうはならなかった。大人たちが、お定まりの忖度ってもんに毒されていたからだろう。

結果的には未熟な探偵科の学生たちが暴走し、課題を果たそうとして事件の真相に行き着いたのだ。

谷中からの帰路、三崎坂でふいにそばのA子が恋人つなぎをしてきた。

「乱歩、終わったわね」

「うん、オレたちの仲もね。……アメリカへ行くンだろ」

着物姿のA子がこっくりとうなずいた。そして手縫いの巾着袋《きんちゃくぶくろ》から真っ白い硬球をとりだし、そっと俺に手渡した。

「あなたは永遠に私のエースピッチャーよ」


あの日以来、名無しのA子とは連絡がとれなくなった。

老執事の話では、警察の足止めがとけた翌日にアメリカへ飛び立ったという。いかにも彼女らしい爽快な行動だと思った。

プリティ・リーグの入団手続きだけでなく、名門高校への入学手続きもしなければならないとか言っていた。恥ずかしながら、欧米の学校は九月から新学年が始まることを俺は初めて知った。

「乱歩くん。うちのお嬢様はきまぐれなので、近いうちにひょっこり帰ってこられますよ」

老執事のなぐさめの言葉なんか耳に入らなかった。

夢見る少女はずっと夢を追いかけていく。全米女子プロ野球のエースピッチャーになるまで、負けず嫌いのA子は日本に帰国しないだろう。

高杉家の表門で、俺は作り笑顔で言った。

「いや、平気っスよ。オレも右肩が治ったので野球に専念して甲子園をめざします」

「ほう、それはよかった」

「いずれは近藤さんみたいにプロ野球選手になりたいと思ってます」

俺の言ってることは、完全な負け惜しみだった。

どんなにがんばっても、それぞれ持って生まれた運と素質に違いがある。百年かかっても彼女には追いつけない。その差はひらくばかりだろう。

そう、〝負け惜しみ〟は〝青春〟と同義語なんだ。

おっと、言葉の使い方はこれで合ってるのか。いまだ停学中の俺は、教養ってもんからどんどん遠ざかっていた。

ホワイトハッカーの剣崎亮は一足早く復学していた。彼が提出した課題のレポートがあまりにもすばらしいので、めったに生徒をほめない明智先生が激賞したらしい。

劣等生の俺はレポートをほったらかしにしている。

当然、復学は見送られた。おかげでリハビリのトレーニングが存分にできた。まぁこれも負け惜しみだな。

肩を落として自宅へもどると、年上の相棒が事務所近くで待っていた。仲間思いのホワイトハッカーは、午後から早退してやってきたのだろう。

「これから昼のバイトなんだ。駒込駅まで歩きながら話そうや」

「昼夜バイトのかけもちか。苦学生はつれぇな。キータッチひとつで何千万も稼げるとか言ってたっけ」

「いまは封じ手だ。そっちもしけたツラしてんな」

「生まれつきこんな顔さ」

俺たちはD坂を上がりきり、本郷通りをゆっくりと歩いていった。

「乱歩、いつになったら課題のレポートはできあがるんだよ。永遠に復学できないぜ。よかったら手伝ってやろうか」

「子供のころから宿題なんかやったことねぇし。そんなことより探偵科の様子はどうなんだよ。連日テレビで報道されてるけど、画面に出てくるのは明智先生とクラス委員のアガサばかりじゃねぇか」

「それも担任教諭の戦略の一つさ。『S字坂のひき逃げ事件』を解決した殊勲者が、札付きのブラックハッカーと猟奇殺人犯の息子じゃ世間は納得しないだろう」

「そうだよな。いったん背中に貼り付けられたレッテルは、ネット社会では剝がしようがないし。釈放されたうちのオヤジなんか、いまでも変態あつかいだ」

依頼人もなく、わが団子坂探偵局は開店休業状態だった。

それでも、しぶといオヤジは高杉家の夜警として日銭を稼いでいた。当主の和江さんに気に入られ、晩酌相手としても重宝されているようだ。

同行の剣崎が自嘲ぎみに言った。

「男たちは敗れ、女たちが勝ち残ったってことさ」

「同感だよ」

探偵科の課題として、『S字坂の殺人事件』を取り上げたのは女校長の明智先生だった。すべてはそこから始まったのだ。そして、無敵のA子の助けがなければ地元の大物議員は処断できなかったろう。

捜査の足手まといだったアガサは見事に成果をかっさらった。いまでは難事件に挑んだスーパー女子高生として世間の耳目《じもく》をあつめている。

相棒が舗道脇の柳の枝先をちぎりとった。

「アガサは、近々《ちかぢか》大手出版社から新人推理作家としてデビューするってよ」

「彼女も夢を果たしたわけだ」

「梅宮議員が失脚し、明智先生も次回の補選をねらってるようだし」

「男どもはやられっぱなしだな」

「クッフフ、完敗だ」

剣崎がひさしぶりに、ブラックハッカーめいた皮肉っぽい笑声をもらした。

いくつもの幸運が重なって地元の怪事件は解決した。けれども、俺には納得しきれないことが一つ残っていた。

梅宮議員は正式に起訴された。相沢ナオミという目撃者もいるし、裁判では重罰を科されるだろう。

任命責任を問われた総理は、国会で野党議員から責め立てられている。俺たちが投じた小石は波紋を広げ、政治問題にまで発展していた。

だが、俺が気になっているのはもっと小さな案件だ。

「ケン、どう思う。『人間椅子』の事件は事故死でかたづけられちまったけど」

「それでいいンじゃないか。深掘りしたってきっとろくな結果にはならない」

「わかってるよ。なら、あんたの読み筋だけでもきかせてくれ」

「あれは事故死ではなく他殺だろ。革椅子の中にストーカーの松崎が潜んでいることを知った人物が、そっとテープで空気孔をふさいだ。それだけのことさ」

「だとしたら、その人物は……」

「ぼくの口からは言えないよ。だけど梅宮議員は除外すべきだな。箱根温泉に行っていた高杉和江さんもね。高杉家の邸内にいた者しか実行はできないンだから」

剣崎の指摘は正しい。

実行犯は高杉邸にいた二人のうちのどちらかだ。名無しのA子はすぐさま打ち消した。理由なんてない。ほっといてくれ、ただの感情論だよ。

残るは老執事のみ。元ブルペンキャッチャーの彼なら、壁となってA子の荒れ球をきっちりと受けとめてくれるはずだ。

「ケン、この話は二度としない。それとレポートは週明けに提出するよ」

「待ってるぜ、相棒。二人でまた探偵科の連中をからかってやろう」

「そうだな。ヒラリンをイジり、アガサと口喧嘩するのも悪くないな」

「これはぼくからのプレゼントだ。君があまりにも落ちこんでいたしね。得意のハッキングで探り当て、プリントしてきたンだ」

茶封筒を俺に押しつけた剣崎は、速足で駒込駅の改札を通り抜けていった。

駅構内にぽつんと独りで取り残された。発車のメロディーが鳴った。俺はせかされるように茶封筒をあけた。中から母子の写真が出てきた。四、五歳の男児を抱えた女性が幸せそうな笑顔で写っていた。

すぐにわかった。

俺の母親だ。

「くそっ、おせっかいなブラックハッカーめ」

母子をカメラで撮ったのは、まぎれもなくうちのオヤジだろう。たぶん剣崎は荒川源太郎のパソコンに侵入し、メモリーの奥に隠されていた画像を盗み取ったのだ。

「あっ……」

生母の面影と同時に、記憶の底からやせっぽちの野球少女の顔がよみがえってきた。

彼女は勝利の女神だった。

どんなに苦戦していても、荒川土手にその少女が姿をあらわすと、マウンド上のオレは発奮《はっぷん》して強打者たちを次々とうちとった。

試合後、何度か荒川岸で語り合った。二人はすぐにうちとけた。生き別れた母親のことも、その時に話したような気がする。

でも春の大会以後、野球少女はぱったりと姿を見せなくなった。

思い返しても胸が疼《うず》く。ショック状態に陥《おちい》った俺は、生母と同じようにやせっぽちの野球少女との記憶を封印してしまった。

いま考えると、彼女は自分の夢をかなえるために渡米していたのだ。そして念願の全米女子プロ野球の育成選手になり、そのことを俺に伝えるために帰国したのだろう。

『……名前も存在も忘れ去られた女の子は、相手に思い出してもらうのを待つしかない』

さびしげな表情で、名無しのA子はそう言っていた。

でもこうして思い出した時には、当のA子はもう俺のそばにいなかった。

いまの俺にできることは一つだけ。少年野球の聖地ともいえる荒川の河川敷へ直行するしかない。

いったん自宅へもどり、タンス奥にしまっていたユニホームをとりだした。ひさしぶりに袖を通すと少し窮屈だった。まだ成長期だし、ずっと筋トレを続けているので身体《がたい》が大きくなっていた。

チャリに乗って一気にD坂を下り、いつもの道順で荒川へとむかった。

初夏の川岸には色とりどりの草花が咲いている。上げ潮時だ。荒川サイクリングロードを疾走すると、頬を打つ潮風が心地よかった。

荒川にかかる扇大橋の近くでチャリをとめた。

日陰の草地はひんやりとしている。橋脚のコンクリートに長方形の線がうっすらと見えた。それは数年前に俺が白いチョークで描いたストライクゾーンだった。

野球少年が気持ちをふっきるには、やはり野球しかない。

「甲子園球場。九回の裏ツーアウト満塁。一打逆転のピンチ。カウント、スリーツー」

口にだして場面を想定した。

ピッチャーマウンドに立っているのはもちろん俺だ。運命の一球。ここで打たれたらおしまい。チャンスは二度とめぐってはこない。

そして初恋は一度っきり。

けっしてリセットはできない。だから、みんな本気《マジ》になるンだ。

ふっと目をやると、見たこともない十四色の虹が荒川の上空に輝いていた。人が夢見るかぎり奇蹟は何度でも起きる。

A子からもらった硬球をしっかりと握りしめた。

大きくふりかぶり、俺は消えかかったストライクゾーンに快速球を投げこんだ。

「見逃し三振、ゲームセット！」

光文社文庫

文庫書下ろし
荒川乱歩《あらかわらんぽ》の初恋《はつこい》　高校生探偵《こうこうせいたんてい》
著者　阿《あ》野《の》　冠《かん》

2018年9月20日　初版1刷発行

発行者　鈴木広和
印刷　堀内印刷
製本　ナショナル製本

発行所　株式会社　光文社
〒112-8011　東京都文京区音羽1-16-6
電話　(03)5395-8149　編集部
8116　書籍販売部
8125　業務部

ISBN978-4-334-77721-0　Printed in Japan

組版　萩原印刷